Jörg van Hall
Du stirbst im Fliegen

Jörn van Hall

Du stirbst im Fliegen

Erzählung

Quintus

3. Auflage 2024
© 2022 Quintus-Verlag
Binzstraße 19, 13189 Berlin
www.quintus-verlag.de

Umschlaggestaltung: Oda Ruthe, Braunschweig
Satz und Gestaltung: Ralph Gabriel, Berlin
Druck und Bindung: Finidr, s.r.o., Český Těšín

ISBN 978-3-96982-052-0

Der Satz schmerzt

Helene schaut aus dem Fenster. Tauben fliegen durch die Straße, über die geweißten Zäune, den Kopf der Briefträgerin. Die Vögel und die Frau mit dem kleinen gelben Wagen sind Helene die liebste Abwechslung. Und der Wind. Er treibt Wolken über das Schlafdorf und die zarten Flugschirme des Löwenzahns auf die englischen Rasen der Nachbarn.

Helene öffnet die Haustür. Die Briefträgerin stolpert und stößt den gelben Wagen mit dem Bauch vor sich her. Helene sieht ihn an der Gartenpforte vorbeirollen und ruft: „Sie sollten sich an ihm festhalten, wenn es Ihnen nicht gutgeht, Irma."

Die Briefträgerin lacht rau und tief. Sie presst die weißen Kuverts vor die Brust, als wären sie ihr eine Herzensangelegenheit. „Der Blutdruck", sagt sie. „Nur der Blutdruck, Frau Billerbeck."

„Lassen Sie die Medikamente einstellen", sagt Helene. „Sie schaukeln wie ein Schiff über das Pflaster, Irma." Helene sieht den offenen Mund der Briefträgerin. Sie weiß, er riecht nach einem Frühstück aus Tabak und Korn.

„Mein Arzt taugt nicht", sagt die Briefträgerin. Und was sie nicht sagt, denkt sie: Bei dem hagelt es mehr Verbote als in der Hölle. Die Briefträgerin klopft mit der Post auf die offene Hand. „Das lohnt sich, Frau Billerbeck."

„Als hätte ich mir die achtzig Jahre verdient", antwortet Helene.

„Haben Sie nicht?", fragt die Briefträgerin, ohne aufzuschauen. Sie schiebt die Karten und Briefe wie einen Fächer auf und taxiert die Postwertzeichen.

„Wie verdient man sich ein langes Leben?", fragt Helene. „Meine Mutter war ein wahrer Engel. Siebenundfünfzig Jahre war sie das, und das war's."

Die Briefträgerin nickt. Ihre Augen schauen traurig, während sie die Briefmarke mit der goldenen Gans mustert.

„Mein Schwiegervater wiederum, der alte Billerbeck, hat selbst seinen Sohn überlebt. Über neunzig wurde der", sagt Helene, als wäre er der Briefträgerin fremd. Helene schaut in den Vorgarten. Sie weiß, wo seine Uniform vergraben liegt. Der Rhododendron grünt darüber. Und jedes Jahr werden die Blüten mehr und ihr Rot dunkler.

Die Briefträgerin hebt die Post über den gelben Wagen. Ihr Zeigefinger liegt auf der goldenen Gans, als könnte er sich nicht lösen. „Ist die schön", merkt die Briefträgerin wie beiläufig an.

„Schneide ich Ihnen aus", sagt Helene.

„Für den Enkel", erklärt die Briefträgerin, die keinen Enkel hat.

„Ich weiß", sagt Helene, „ich weiß."

Die Briefträgerin stolpert zum Postwagen. „Grüßen Sie den Ole", spricht sie Richtung Straße.

„Ich habe meinen Sohn ewig nicht gesehen", sagt Helene und schaut zu den Tauben unter den Wolken.

„Aber ich habe doch gestern mit ihm gesprochen", erwidert die Briefträgerin über die Schulter.

Helene hält kurz inne, bevor sie lacht. „Das war ein Scherz", sagt sie rasch und wirft die Hand in die Luft. Sie sagt den Satz oft. Der Satz schmerzt, als hätte ihn jemand anders zu ihr gesagt, im Glauben, sie würde die Lüge nicht durchschauen.

Meine Biester sind tot

Ole wirft seine Aktentasche auf die Konsole unter der Garderobe. Seine Schuhe poltern auf die Eichendielen.

„Wie dein Großvater", ruft Helene aus der Küche.

Ole kennt den Satz und spricht ihn für sich zu Ende: „Und das ist kein Kompliment."

Helene lächelt. Sie trägt den Kuchen wie ein Ordenskissen durch die Diele in das Esszimmer: „Er wusste, wie sehr es mich ärgert."

„Sobald die Schuhe auf das Holz fallen, erinnere ich mich …", erwidert Ole.

Helene stellt die Aktentasche auf den Boden und zieht die Tischdecke gerade. Wenn du dich öfter sehen lassen würdest, könntest du dich erinnern, denkt sie und schweigt.

Ole umarmt seine Mutter flüchtig. Er küsst ihre Schläfe, ohne sie mit den Lippen zu berühren. Und er vermisst, was er nicht benennen kann. Es ist der Duft von Sandelholz und Lavendel, der Geruch seiner Kindheit. Er stellt ein Päckchen auf den Tisch und zupft die zerdrückte Schleife in die Höhe. „Du hast deine Post noch gar nicht geöffnet", sagt er und zeigt auf den Stapel Briefe neben der Kerze.

Helene gießt Kaffee ein. „Sie wünschen mir alle, wovon die armen Teufel selbst am wenigsten haben. Wofür sie Tag für Tag den Herrn anrufen, dann den Arzt, den Apotheker und nach denen wieder den Herrn."

„Sie wissen, wovon sie schreiben", erwidert Ole.

„Du musst schon zuhören", sagt Helene fest. „Sie rufen den Herrn an!" Ihr Zeigefinger ist zur getäfelten Zimmerdecke gerichtet. Mit der anderen Hand schiebt sie den

Tortenheber unter ein Stück Kuchen. „Und eine wünscht mir jedes Jahr ein langes Leben, als stünde das für Freude oder Glück. Oder beides." Der Kuchen fällt auf Oles Teller und zerbricht. „Diese Närrin", flüstert Helene.

„Vielleicht ist sie nur zynisch?"

„Könnte sie das sein, hätte ich ihren Brief geöffnet, zu meinem Amüsement. Aber meine Biester sind tot. Alle sind sie tot." Helene reißt ein Kuvert auf. Sie zieht eine Karte hervor und hält sie Ole vor das Gesicht. Die Katze auf der Karte trägt ein rotes Band aus Samt und Glitter an Latz und Pfoten. Helene zieht den linken Mundwinkel in die linke Wange, zieht die Falten darauf groß und tief.

„Der Kuchen ist selbst gebacken", sagt Ole. Seine Stimme klingt überrascht. Helene zeigt über seine Schulter zum Fenster, zum Haus auf der gegenüberliegenden Straßenseite. „Frithjoff?", fragt Ole. Seine Augen sind schmal, die von Helene groß und unruhig. Sie verrührt mit der silbernen Kuchengabel die Sahne im Kaffee. „Er kann nicht mal den Backofen einschalten", antwortet Helene.

„Wer dann?"

Helene lässt die Kuchengabel auf den Teller fallen. „Wer, wer?", fragt sie in das Scheppern. Ihre Unterlippe zittert unmerklich. Die linke Hand umklammert eines der Tischbeine. „Maike", sagt sie, sagt es zu schnell, was ihr nicht entgeht. „Wer sonst. Wer wohnt in dem Haus? Und wer bäckt mir einen Kuchen?" Sie stellt das Gedeck zusammen und erhebt sich. Der Milchkaffee schwappt auf die Untertasse.

„Du hast noch gar nichts gegessen."

„Mir ist der Appetit vergangen", erwidert Helene und stellt ihr Gedeck in die Vitrine.

Die Pelzkappe

Maike hebt den Topf vom Herd. Aus der Brühe ragen sechs zerbrochene Knochen. „Schlepp mir die nächsten Wochen keine Tauben mehr an, Vater."

„Sie werden zäh", antwortet Frithjoff. „Also müssen sie weg." Er sticht mit der Bratengabel in eine der Brüste und hebt die Taube aus dem Topf. Ein Stück Fleisch fällt in die Brühe zurück. Maike geht an den Besenschrank, sie greift fünf kleine Gipseier aus einer Kiste und hält sie in den Raum. Die Eier kratzen aneinander und stauben.

„Bevor ich den Kuckuck spielen kann, haben sie Junge", klagt Frithjoff.

Maike rollt die Eier auf den Tisch. „Du schaffst das", sagt sie und wischt den weißen Staub von der Hand auf die Schürze. „Neuigkeiten?", fragt sie.

„Irma war zum Pinkeln hier", sagt Frithjoff. „Sie wollte nicht in den Park. Sie hat immer Angst um den Postwagen, wenn sie im Gebüsch hockt. Früher ging das noch, hat sie gemeint. Aber heute lungert da Volk rum."

Maike schaut über den Brillenrand zum Vater. Auf der Gabel vor ihrem Gesicht dampft ein Stück dünne Haut.

„Ihre Worte", sagt Frithjoff. „Nicht meine." Er nagt am Gabelbein und legt es auf den Tellerrand. „Und weißt du, was sie noch erzählt hat?" Frithjoff räuspert sich und starrt beim Sprechen auf den Knochen. „Das letzte Mal war sie bei Helene in dem kleinen Klo neben dem Flur. Sie hat fast einen Schock bekommen, weil sie dachte, im Waschbecken liegt ein totes Tier." Frithjoff stochert in den Kartoffeln und stöhnt. „Stell dir vor, da lag Helenes Pelzkappe im Wasser. Und weißt du, was sie zu Irma gesagt hat? Die Kappe habe Flöhe."

Maike klopft ihrem Vater auf die Schulter. „Ich dachte mir schon so etwas", sagt sie leise, ohne vom Geschehen am Vortag zu sprechen. Sie erzählte Helene von der Oper: „Im nächsten Monat wird ‚Die Frau ohne Schatten' gespielt." Helene nickte. „Ich habe abgesagt", antwortete sie. „Diese Saison spiele ich die Kaiserin nicht." Maike schwieg und strich Helene über den Arm.

Frithjoff schiebt den halbvollen Teller von sich weg, in die Mitte des Tischs.

„Ich werde mit Ole sprechen", sagt Maike.

„Wenn du den Herrn mal zu fassen kriegst", erwidert Frithjoff. „Zu ihrem Geburtstag war er keine zwei Stunden hier."

Etwas Abstruses

Ole steigt in die Unterhose. „Sie hat mich weggeschickt, Mourad", sagt er. „Ihr Geburtstag sei schon vor Tagen gewesen." Ole geht vom Bett zum Stuhl neben dem leeren Tisch, vom Stuhl zum Spind, vom Spind zum Fenster. Er stöhnt gegen das Glas, auf die untergehende Sonne.

Mourad schiebt das Kopfkissen zwischen die weiße Containerwand und seinen Nacken. „Das ist sicher ein schwacher Trost, aber ein schlechtes Gedächtnis macht so manchen Tag gut."

Ole schaut in den Hof. Aus den Pappeln fällt weißer Flaum. Er erinnert Ole an seine Kindheit. Helene und er hatten auf dem Rasen Schneeengel gespielt. Sein Großvater sagte, so weißen Schnee habe er nur in der Weite Russlands gesehen. Helene war aufgestanden und ins Haus gegangen. Sie hatte ihrem Engel einen Flügel zertreten.

„Sie spricht, als wäre nichts geschehen", sagt Ole. „Selbst das Zögern beim Reden, das Suchen nach Wörtern, nach Namen oder Orten beherrscht sie wie früher ihre Rollen auf der Bühne. Und passiert etwas Abstruses, schiebt sie es auf Gedankenlosigkeit."

„Das wird sich ändern", sagt Mourad. „Es ist ein Spiel auf Zeit, im Grunde wie ein Schauspiel. Und was wie eine Komödie beginnt, wird als Tragödie enden. Ich habe es gesehen, und glaub mir, es endet immer so. So war das Leben der verwitweten Großmutter unserer Nachbarn in Isfahan. Jeden Tag fragte sie ihre Tochter, wann ihr Mann heimkomme. Und jeden Tag sprach die Tochter von seinem Tod und von seinem Grab, und die Mutter weinte, weil sie dachte, jeder hätte ihr das Ende ihres geliebten Mannes verschwiegen. Und die Tochter fürchtete sich jeden Tag wieder vor der Wahrheit und dem Leid der Mutter. Also antwortete sie eines Tages mit einer Lüge: ‚Heute kommt dein geliebter Mann zu uns zurück.' Da begann die Großmutter zu lächeln. Und sie legte die Hände aufs Herz und sagte, sie sei so glücklich. Jeden Tag saß sie mit einem Kännchen Schwarztee vor sich und mit einem Stück Würfelzucker hinter der Wange unter dem Maulbeerbaum und wartete. Und wenn sie vergaß, warum sie auf dem Bänkchen aus Pinienholz saß, erzählte die Tochter von der Rückkehr des Toten. Und erinnerte sich die Großmutter noch am Abend an die Heimkehr, berichtete die Tochter, dass der Vermisste am nächsten Tag komme. So machte sie der Mutter Tag und Nacht gut."

Mourad schaut auf das Foto in seiner Hand, sieht sein Gesicht, sein Kindermädchen, seine Schwestern und die Krone des Maulbeerbaums hinter der Mauer zu den Nachbarn. Ole betrachtet Mourads Mund auf dem Foto. Die

Lippen stehen still, und dennoch hört Ole den Satz: „Nun braucht deine Mutter jemanden, der ihr sagt, worauf sie sich freuen kann, jemanden aus der Familie."

Ole setzt sich auf das Bett. „Ich bin die Familie", sagt er und betont das Ich.

Mourad hebt die Schultern. Die Decke rutscht von seiner Brust zum Bauchnabel. „Dann bist du die Antwort", sagt Mourad und stellt das Bild zurück an die kahle Wand.

Im Kreis

Helene sucht. Sie sucht seit Stunden das zweite Gedeck und hält die Hände am Kopf, als müsste sie sich seines Daseins vergewissern. Sie geht im Kreis vom Esszimmer durch die Diele in die Küche und durch die zweite Tür wieder in das Esszimmer. Sie geht den Kreis zum dritten Mal, wobei sie auf jeden Tisch schaut, auf jede Konsole, die Fensterbretter, selbst auf die Stühle, das Sofa, in die Ofenröhre. Und sie denkt: Verrückt! Ich werde verrückt. Die Hand zittert vor dem offenen Mund. In der Küche steht nur das eine abgewaschene Gedeck zum Abtropfen. Die Tasse steht auf dem Kopf. Helene sieht die gekreuzten blauen Schwerter auf dem Porzellan.

Und während sie die Erinnerungen an die letzten Stunden wie etwas Verlorenes sucht, hört sie die sechzig Jahre alten Worte der Schwiegermutter: „So ein Service haben wir im Dritten Reich spottbillig ersteigert. Mein Gott, das waren Zeiten." Helenes Mutter hatte sich ausdruckslos abgewendet. „Musste sie Blut vor dem ersten Gebrauch abwaschen?", hatte sie Helene ins Ohr geflüstert. Helene war der Schweiß auf die Stirn getreten. Sie hatte das Handgelenk der Mutter gegriffen und presste es mit aller Kraft, bis beide Frauen den Schmerz spürten. „Lenchen", hatte die Mutter gestöhnt, „wenn ich nicht wüsste, wie sehr dein Hans unter seinen Eltern leidet, ich würde hier und jetzt meine gutbürgerliche Erziehung vergessen." Helene erinnert sich an jedes Detail in jener Stunde, an den toten Fuchs auf den Schultern der Schwiegermutter, das spitze Kinn der Alten über dem Pelz, den spitzen Mund über dem Kinn. Sie hört noch das kalte Lachen des Schwiegervaters und spürt den kalten Schauer wie vor sechzig Jahren auf ihrem Rücken.

Helene taucht die Hände durch den Schaum in das warme Abwaschwasser zurück. Sie betastet den Boden des Beckens, sie sucht das zweite Gedeck. Ihre Hände liegen auf dem warmen Metall. Das Abwaschwasser färbt die Ärmel der weißen Bluse grau. Tränen tropfen von Helenes Wangen in den Schaum. Sie hört das Knistern im Becken und denkt: Ich bin verrückt.

Die stärkste Wurzel

Mourad nimmt die Rohrflöte vom Mund und legt sie auf die harte Matratze. Das Klopfen und das Keifen hinter der Containerwand verstummen. Kahl und kalt steht der geweißte Gipskarton in seinem Rücken. Mourad betrachtet die Fingerkuppen. Sie haben fleischige Noppen, wo er zuvor die Haut auf die Löcher der Ney gepresst hatte. Mourad summt das Ende vom Lied über den Anfang vom Heimweh. Seine Hände streichen über die Wachstumsknoten auf dem Schilfrohr. Der Abend zieht in das kleine Zimmer. Mourad hat Angst vor der Dunkelheit. Bei bedecktem Nachthimmel ist das Zimmer schwarz. Dann fühlt sich Mourad wie in seinem Kopf.

Einmal sah Mourad im Traum einen greisen Derwisch durch meterhohes Schilf waten. Eine Zwergdommel flog über die hellbraune Sikke* des Alten in den Himmel. Das Wasser gluckste und sog sich in das derbe Hemd des Mannes. Der Alte strich wie zärtlich über das Rohr. Das Ried rauschte. Die Zwergdommel flog Kreise über dem Schilf. Mit einem Lächeln zog der Derwisch plötzlich sein Messer. Er schnitt das auserwählte Rohr, hielt es Richtung Sonne und steckte es in seine Tasche. Er wandte sich Mourad zu und sagte: „Wenn diese Ney fertig ist, gibt sie die himmlischsten Töne. Ihr Lied wird tiefer reichen als die stärkste Wurzel in diesem Schilfgürtel und höher als der Ruf der Dommel." Plötzlich hallte ein Schuss über dem Wasser.

Mourad sah schwarz und krampfte. Er wagte nicht, sich zu bewegen. Er suchte den Schmerz in seinem Leib, ohne fündig zu werden, suchte eine Orientierung, ohne zu wissen, wo sein Körper lag. Seine Finger tasteten. Er spürte die harte Matratze. Er spürte das kalte Metallrohr des Betts. Es ist nicht der harte, kalte Boden am Grenzfluss mit all den Namen, dachte er, Mariza und Evros und Hebrus und Hébros und Meriç Nehri. Nur Mourad hatte den Fluss das Wasser zur Freiheit genannt. Er klammerte sich an die Matratze wie an ein Floß, das verloren gehen könnte. Er rang nach Luft. Allmählich schlug sein Herz ruhiger und er schlief wieder ein. Er sah die Dommel bewegungslos auf dem Fluss treiben. Ihr Leib zog eine rote Spur durch das Wasser. Mourad blickte den Schilfgürtel entlang, doch der Derwisch war verschwunden.

Die Uhr

Maike greift in die aufgeschüttete Erde unter den Rosenbüschen. Ihre Finger sind klamm wie der Morgen. Sie werfen die Erde zwischen die Blausterne und winken Ole über die Straße. „Warte", sagt Maike und zieht sich an einer Stakete in die Höhe. Ihre Stiefel rumpeln über das Katzenkopfpflaster. Erde fliegt von den Sohlen. „Was machst du hier? An einem Samstagmorgen?", fragt Maike ungläubig. Sie greift sich in die Seiten und streckt den schmerzenden Rücken.

„Mutter", sagt Ole und stützt sich auf den Zaun. „Etwas stimmt nicht."

Maike greift in das Gestrüpp hinter dem Scherenzaun: „Hier war einmal ein Fleckchen Eden. Erinnerst du dich?"

„Sie will keinen Gärtner", stöhnt Ole.

Maike schüttelt den Kopf: „Ein Gärtner ist das Letzte, was Helene braucht."

Ole horcht auf. Helene steht hinter dem Fensterspalt und lauscht. Sie lugt durch die Gardine und beißt sich in den Knöchel des Zeigefingers.

„Lass Helene eine Uhr aufzeichnen", sagt Maike. „Kann sie es nicht, müsst ihr zum Arzt."

Helene eilt ins Wohnzimmer. Sie stolpert über den Teppich, stößt sich am Stuhl. Ihre Hand fingert Zettel und Kugelschreiber vom Sekretär. Sie zeichnet einen krakeligen Kreis, schreibt eine krakelige Zahl hinein und noch eine, eine unter die andere, bis der Kreis zu klein ist für all die Ziffern. Helene zittert. Sie ringt nach Luft, als sie ihren Namen hört.

Die Briefträgerin steht gekrümmt in der Diele und verzieht das Gesicht. „Der Kaffee treibt, Frau Billerbeck."

Helene fuchtelt mit den Händen. „Irma", sagt sie wie außer Atem. „Erst müssen Sie mir helfen, Irma." Sie reißt ein Blatt Papier vom Block und hält ihn der Briefträgerin vor das Gesicht. „Eine Uhr", sagt Helene hastig. „Zeichnen Sie mir eine Uhr auf, Irma. Schnell!"

Die Briefträgerin stöhnt. Sie spürt ihre Blase. „Eine Uhr?"

„Ja, ja, Kreis, Zahlen, Sie wissen schon", sagt Helene. „Und kein Wort zu irgendwem, hören Sie?"

Die Briefträgerin schaut ungläubig. Sie zieht den Stift mit dem Posthorn aus der Jackentasche und zeichnet die Uhr, eben und schwarz.

„Kein Wort, zu wem auch immer", flüstert Helene. Sie steckt den Zettel in die Jackentasche und legt den Zeigefinger über die Lippen.

Die Briefträgerin läuft zur Toilette. „Kein Wort", wiederholt sie.

Helene legt den Block Papier und einen Kugelschreiber auf den Tisch in der Diele. Sie schüttet den Rest Wasser aus ihrem Glas in das Aquarium und hört den Strahl der Briefträgerin durch die Tür, das Stöhnen vor Erleichterung. „Ich kann Sie hören, Irma", ruft Helene.

„Kein Wort", ruft die Briefträgerin hinter der Tür.

Ole wirft seine Jacke auf den Stuhl. Seine Schuhe fallen auf die Dielen. „Wie dein Großvater", sagt er und wartet, wartet auf das Ende des Satzes. Doch Helene schweigt. Sie schiebt die Briefträgerin mit der Hand durch die Diele zur Haustür.

„Schönes Wochenende", sagt Ole.

„Ebenso", antwortet die Briefträgerin über ihre Schulter und spürt einen leichten Stoß im Rücken, bevor die Tür hinter ihr ins Schloss fällt.

„Sonst werden wir die Irma nicht los", sagt Helene.

Ole küsst die Schläfe der Mutter, streicht über ihren Arm. Er kratzt sich die Stirn und schluckt. „Kennst du das Uhr-Spiel?", fragt er schließlich. „Zuerst zeichnet jeder ein Ziffernblatt." Er glaubt, die Auflösung mit dem Scheitern der Mutter schuldig bleiben zu können. Und Helene glaubt, das Blut in ihren Ohren rauschen zu hören. „Hol mir doch bitte erst etwas zu trinken", sagt sie und hebt das leere Glas in die Luft. „Aber lass das Wasser bitte vorher etwas laufen."

Ole geht in die Küche. Helene zieht den Zettel aus der Tasche und legt ihn auf den Block. Ihre Hände zittern. Sie streichen das Blatt Papier glatt und legen den Kugelschreiber darauf. „Fertig", ruft sie.

Ole reicht Helene das Glas. Er zieht den Block über den Tisch und betrachtet die schwarze Uhr.

„Nun du", sagt Helene.

Ole ist sprachlos. Unentschlossen zeichnet er einen blauen Kreis, eine blaue Zwölf, eine Eins, eine Zwei. Helenes Augen werden groß. Schwarz, denkt sie und stößt das Glas um. Das Wasser schwappt über den Block auf den Tisch. „Den Lappen", ruft sie, „schnell! Er liegt in der Spüle." Ole läuft in die Küche. Helene steckt Papier und Stift in die Tasche. Ole kommt zurück und wirft den Lappen auf das Wasser.

„Die Uhr", sagt er.

„Kindskram", erwidert Helene. „Ich habe zu tun." Dann wendet sie sich ab und geht mit schnellen Schritten in den Garten.

Ihr seid Läuse

Mourad betrachtet den Beamten. Der Mann mit dem harten Kinn blättert in der dünnen Akte. Auf seiner hohen Stirn spiegelt sich das Neonlicht. Der Mann erinnert Mourad an den Mullah.

„Der Meister blickt durch mich hindurch", hatte Mourad seinem Vater gesagt.

„Der Mullah hat viel gesehen", war die Antwort des Vaters. „Gebirge, Meere, Stürme, Dürren und den Tod." Er hielt inne, bevor er wieder zu reden begann. „Und nun hat er euch. Er ist ein Leopard und ihr seid Läuse. Er wird euer nur gewahr, wenn ihr ihn juckt. Und wehe dem!"

Der Beamte hat die Akte an der Schreibtischkante ausgerichtet. Alles richtet er aus, den viereckigen Bleistiftanspitzer, das Lineal, den Tacker, den Locher, die Tastatur vor dem Computer. Der Beamte liest die Namen, liest das Geburtsdatum, liest den Geburtsort, so wie immer. Als müsste er sich vergewissern, den Bittsteller und seinen Fall nicht zuvor bereits abgehakt zu haben. Sein Zeigefinger streicht über das Papier, bis die Kuppe auf ein Wort tippt. „Das ist also der Grund Ihrer Flucht …", sagt er, ohne den Grund zu benennen. Er blickt zu Mourad, auf das Wort über seinem Fingernagel. Und plötzlich schaut er wieder in Mourads Gesicht. Nie hat der Beamte so grüne Augen gesehen. Mourad blickt zu Boden, als hätte er etwas zu verbergen. Doch das Misstrauen des Beamten findet keinen Platz. Das Grün wuchert wie Achilleskraut hinter seiner Stirn. Der Beamte lehnt sich vor. Die Akte verschiebt das Lineal, das Lineal den Tacker. „Darauf steht in Ihrer Heimat die Todesstrafe?", fragt der Beamte, als kenne er die Antwort nicht. Er zieht die Akte zurück und richtet das Lineal an der Schreibtischunterlage aus, den Tacker am Lineal. Zwischen ihnen hat die Kuppe seines Zeigefingers Platz.

„Wenn man erwischt wird", antwortet Mourad, „es sei denn, die Familie erledigt die Schande, bevor sie ruchbar wird."

„Ruchbar", sagt der Beamte ohne Regung. Er mustert Mourad, ohne in die grünen Augen zu sehen. „Dafür, dass Sie erst ein paar Monate im Land sind, sprechen Sie ein hervorragendes Deutsch", sagt er und tippt mit dem Füllfederhalter auf die Akte.

„Ich war als Kind für einige Jahre in Wien", erwidert Mourad.

Der Beamte hebt die Brauen und schreibt.

Mourad schweigt. Er will nicht vom Vater als kleinem Tier in einer kleinen Botschaft berichten, wie es Mourad und der Familie einst vor der Rückkehr nach Isfahan eingebläut worden war, denn der Vater war wichtiger, als es die Familie wusste, die Freunde und die Kollegen. Sie alle hätten es wissen können, denn einem kleinen Tier war keine große Familie im Abendland erlaubt.

Mourad betrachtet den Beamten. Er hört das Kratzen der Feder auf dem Papier.

„Das nenne ich privilegiert", sagt der Beamte zur Akte.

„Ja, das waren wir. Für eine kurze Zeit", sagt Mourad. Er weiß, Neid und Misstrauen spucken Gift und Gebote.

Die Kinder in Isfahan hatten ihn nach der Rückkehr aus Europa Prinz Prater genannt, die Frauen seine Mutter Soraya* vor dem Fall. „Die sind so dumm, dass sie nicht zwischen Deutschen und Österreichern unterscheiden können", hatte der Vater geflucht, „aber ihr seid noch dümmer als diese Schafe. Ihr nährt den Neid." Bei dem Satz hatte Mourad an die Mutter und das deutsche Kindermädchen gedacht.

„Wofür braucht das Kind jetzt noch Deutsch und all diese Sprachen?", hatte Mourads Mutter ihren Mann nach der Rückkehr in die Heimat gefragt. „Was verstehst du davon, Weib", sagte der Vater und dachte an das Kindermädchen, ihre Brüste, ihre Schenkel. Und er dachte an die Zukunft für ein großes Tier.

„Ich hatte in Isfahan noch Deutschunterricht", sagt Mourad. „Und später Vorlesungen."

„Gut", erwidert der Beamte bedächtig und schreibt.

„Erhöht mein Deutsch die Chance auf Arbeit?", fragt Mourad.

Der Beamte drückt das stumpfe Ende seines Füllfederhalters zwischen Kinn und Unterlippe. Er schaut auf die Akte und schweigt.

Nur Mist

Frithjoff kratzt. Unter der rostigen Hacke sammelt sich Kot. Frithjoff ist in Eile. Er will den Dung in den Garten bringen, bevor Maike zurückkehrt. Über ihm äugen die Eistauben. Die Täuber gurren mit geschlossenen Schnäbeln. Sie verbeugen sich und richten sich wieder auf. „Euch ist gut predigen", murrt Frithjoff. Er zitiert den Vater, den Großvater. Der Satz gilt seit jeher weniger den Eistauben als den Frauen.

„Die Vögel hängen mir aus dem Hals", hatte Frithjoffs Frau noch auf dem Sterbebett zu Helene gesagt und die Brühe zur Seite geschoben. „Du warst die Königin der

Nacht und die Olympia", stöhnte die Sterbende. „Selbst der Tod bist du gewesen." Sie stockte. Im Mundwinkel suppte Brühe. „Und ich? Wer war ich?" Helene war auf die Knie gegangen. Sie hatte ihren Kopf auf den ausgezehrten Arm der Sterbenden gelegt. „Sarastros Reich und das Floß der Medusa sind kein Zuhause", flüsterte sie. Die Frauen weinten. „Ach, Lenchen, ich bin mein ganzes Leben ein Aschenbrödel geblieben, mehr nicht."

Frithjoffs Mutter hatte die Tauben nicht weniger verflucht. „Sie machen vor allem Mist", war ihr Reden gewesen, wobei sie ein verfärbtes Laken in die Luft gehalten hatte.

Frithjoffs Großmutter war stumm geblieben. Zu groß war die Not, der Hunger. Der Großvater hatte dennoch gewusst, was in ihr vorging. Eines Tages fühlte sich ihre Haut an wie die der geschlachteten Tauben.

Frithjoff erschrickt. Die Hacke fällt auf den Boden. Die Eistauben schlagen mit den Schwingen gegen die Gitter. In der Tür steht Maike. Sie rollt die Gipseier in den Händen. „Die hast du vergessen", sagt sie. Die Tauben halten kurz die Köpfe schräg. Eine flattert im Schlag und setzt sich auf Frithjoffs Schulter. „Hat sie einen Namen?", fragt Maike. Frithjoff zieht die Schiebermütze in die Stirn. Er schaut mürrisch.

„Was redest du?" Die Taube auf seiner Schulter streckt den Hals.

Maike legt die Gipseier in eine verbeulte Aluminiumschale. „Ich habe dich schon mit ihnen sprechen gehört", sagt sie.

Frithjoff starrt in den Garten. „So wie du mit deinen Pflanzen", erwidert er. „Aber sagst du zum Mohn Paul oder Ernst?" Maike wendet sich ab und geht.

Erst geköpft

„Das ist Mourad", sagt Ole, „du weißt doch, wir wollen ihm unseren Wochenmarkt zeigen." Helene reicht die lange warme Hand. Der Smaragd an ihrem Finger funkelt kalt. Mourad deutet eine Verbeugung an. „Es ist mir eine Freude, Sie kennenzulernen", sagt er und wartet. Doch der offene Mund in seinen Augen ist ohne Ton. Und die Augen sind ohne Regung.

Helene starrt Mourad ins Gesicht und fragt plötzlich: „Osmin? Heißen Sie nicht Osmin?"

Ole schüttelt den Kopf. „Du verwechselst da sicher etwas", sagt er.

„Wenn", sagt Helene leise, „dann jemanden." Sie grübelt. Sie beißt sich kurz in den Knöchel des Zeigefingers. Der schwere Smaragd verrutscht am Ringfinger in den Schatten der Hand. „Diese Ähnlichkeit. Das ist unglaublich", sagt Helene. Zähne wie Schnee, denkt sie, und Augen wie Moldavit.

„Ein schöner Wochenmarkt", sagt Mourad. Er schaut in die Runde. Frauen tragen Blumensträuße wie Wickelkinder. Aus ihren Beuteln ragen Früchte, über ihren Einkaufstaschen wippt das Grün von Lauch, Möhren und Salat.

Schön?, denkt Helene und blickt sich um. Nein, aus dem Morgenland stammt er wohl nicht. Helene erinnert sich an den Suk in Damaskus, an den Duft von Kardamom, Myrrhe, Zimt, Vanille. Männer hatten ihr Seidengewänder durch die flirrende Luft gedreht und gewendet, Chiffontücher wie zu groß geratene Kronblätter zugeworfen und Blicke wie Gier. Sie sprachen etwas Französisch, Englisch und einige Brocken Deutsch und von allem genug, um charmant sein zu können. Helene hatte einem Händler das Foto in ihrem Portemonnaie gezeigt, ihr Hochzeitsbild. Er zeigte ihr stolz das Foto seiner Frau, seiner Töchter und Söhne und seine Erregung unter dem weißen Didashah. Wie eine Marionette an einer unsichtbaren Schnur hob sie sich unter dem weißen Gewand Helene entgegen.

Helene lacht Ole in das Gesicht. „Natürlich", sagt sie. Dabei schaut sie zum Himmel und hebt die Hände wie zum Gebet. Und plötzlich singt sie: „Erst geköpft, dann gehangen, dann gespießt auf heiße Stangen …"

Mourad glaubt zu versteinern. Er starrt zu Ole und um sich. Ole greift Helenes Arm. „Mutter", schnaubt er.

Helene reißt den Arm los. „Osmin. Die Arie des Osmin", sagt sie. „Mozart." Sie schlägt die Hand gegen die Stirn und lacht. „Junger Mann", sagt sie Mourad zugewandt, „waren Sie nicht der Aufseher über das Landhaus des Bassa?"

Warte ab

Frithjoff stellt den Besen an den Zaun. Der Wind fährt in den Sand vor seinen Schuhen und hebt ihn in die Luft. „Moin", sagt die Briefträgerin und reicht ein Kuvert über den gelben Postwagen.

Frithjoff liest. „Rechnungen kannst du behalten", sagt er und schiebt das Schreiben in die Brusttasche seiner Latzhose.

Die Briefträgerin lehnt sich an das Tor. Sie ist zu früh und hat Zeit.

„Neuigkeiten?", fragt Frithjoff und schaut zum Haus auf der anderen Straßenseite.

„Ole hat sie zum Arzt geschleppt. Und sie erzählt allen Ernstes, dass sie den Doktor getäuscht hat." Die Briefträgerin zieht eine gedrehte Zigarette aus der Jackentasche und das Feuer in den Tabak. Sie hustet Schleim in den Mund und schluckt ihn in den Hals. „Wer's glaubt", schnarrt sie heiser.

Frithjoff weiß es besser. Ole hat Maike vom Arztbesuch erzählt. Helene wütete. Sie sagte dem Mann in Weiß, sie habe einen schlechten Tag und zuvor eine schlaflose Nacht gehabt. Sie klagte Ole, sie fühle sich überfahren und gedemütigt. Am Ende weinte sie.

„Das hat sie nicht verdient", sagt Frithjoff wie am Tag zuvor zu Maike, und seine Augen werden wieder feucht.

Die Briefträgerin presst den Qualm aus den Nasenlöchern. „Du hast die Billerbecks doch nie gemocht?" Sie zieht einen Strunk aus dem Tabak und zerreibt ihn zwischen den Fingerkuppen.

„Sie ist keine Billerbeck", sagt Frithjoff. „Die Männer, ja, die mochte ich nie. Der ganz Alte war bestes Kanonenfutter, das sein Führer leider nicht mehr verschossen hat, bevor alles den Bach runterging. Um den wäre es nicht schade gewesen. Und sein Sohn, der Hans, unser großer Handelsvertreter, hat selbst zu Zeiten des Wirtschaftswunders nichts gekonnt, als Helene zu heiraten und sie vor seinem Abkratzen mit einem Haufen Schulden hängen zu lassen." Frithjoff spuckt in den Sand.

„Schulden und Ole", sagt die Briefträgerin. „Er ist doch ein netter Junge."

„Das sehen wir", sagt Frithjoff, „viel haben wir hier in den letzten Jahren nämlich nicht von ihm gesehen. Warte ab, Irma, nicht lange und ein Brief flattert ins Haus. Dann steckt der gute Junge die Mutter in ein Heim."

Die Briefträgerin wiegt den Kopf und spürt den Taumel. „Gott bewahre, dass ich so was austragen muss", sagt sie und schnippt den Zigarettenstummel auf die Straße.

„Irma", murrt Frithjoff. Er zieht den Stummel mit dem Besen zum Bordstein. Aus den Borsten steigt Rauch. „Hast du dir das von dem Volk hier im Park abgeschaut?"

Das Gras

Mourad sieht aus dem Fenster. Er sieht in die Fenster der neuen Wohncontainer. Die Zimmer sind mit Globusweiß gestrichen. An jeder rechten Wand steht ein Doppelstockbett aus Metall. Darauf liegen graue Matratzen. Am Ende von jedem Raum steht ein weißer Schrank neben einer grauen Tür. Über jeder Tür hängt ein Fluchtwegschild. Und in jedem Zimmer stehen zwei weiße Stühle und ein weißer Tisch. Sie leuchten neu wie alles hinter den geputzten Fenstern. Nicht lange, denkt Mourad, und die Hoffnung zieht in die Zimmer wie die Freude auf ein sauberes Nachtlager, auf eine Tür zum Verbergen, auf ein Fenster mit Blick auf unverbranntes Gras.

Mourad friert. Die Kälte zieht von den Zehen bis hinauf in den Kopf. Sie ist wie das Neonlicht in den Zimmern des Containerblocks. Sie weckt ein Gefühl und macht sehen mit geschlossenen Augen. Mourad weiß, der dampfende Tee mit Kardamom und Zucker wird in den Zimmern von Tag zu Tag seinen Zauber verlieren wie das warme Taftoon-Brot ohne Safran aus der kleinen Dönerbude Antalya an der Straßenecke. Mourad weiß, die Hoffnung wird langsam scheiden und die Freude – mit jedem Gang in die überfüllten Warteräume des Amts, mit jedem Fußmarsch zum Einkauf an den Rand der Stadt, mit Blicken im Amt und in der Stadt, mit dem eigenen Blick über die eigene Tür, wo ein stilisierter Mensch auf einem grünen Schild flieht, entweder nach links oder nach rechts, ohne vorwärtszukommen. Aus den Fenstern der Container werden Jacken und Pullover und Hemden hängen, die Ärmel im Wind, und es wird aussehen, als würden sich Kopflose in die Tiefe stürzen. Mourad weiß, das Gras vor den Containern wird zertreten sein und braun.

„Ich halte es hier nicht mehr lange aus", sagt Mourad zu Oles Spiegelbild auf der Fensterscheibe.

Die Maske

Helene lutscht ein Herz klein. Ihr Mund ist von der Schokolade groß und braun. Die Süßigkeit klebt ihr im Haar, auf der Brust und am Schalkragen aus weißem Mohair. Helene wühlt durch das leere Silberpapier in der Pralinenschachtel, bevor sie den Karton auf den Tisch schiebt.

„Einen Berg belgische Pralinen hat mir das Opernhaus geschickt", sagte Helene der Briefträgerin am Morgen vor ihrem Geburtstag. „Wer soll die essen. Ich habe noch nie viel für Schokolade übriggehabt. Sie macht nur schlechte Haut und breit. Früher hat mir die Maske die Haut eines Kindes gespachtelt. Stellen Sie sich vor, Irma, manchmal habe ich sie mir nach der Vorstellung nicht abnehmen lassen und noch am nächsten Tag getragen." Helene atmete tief ein. Sie schaute in die treibenden Wolken. „Waren das Zeiten."

Die Briefträgerin lehnte am Zaun und paffte. Sie hörte Helene nicht mehr. Sie dachte an die beschworenen Jahrzehnte.

Helene hatte mit dem Gesicht der Venus am Briefkasten gestanden oder mit dem Antlitz der Elektra auf dem Markt Rittersporn gekauft. Die Venus hatte kurz zum Gruß genickt, die Elektra sah niemanden.

„Ein leerer Mund ist mir gleich, wenn das Herz voll ist", hatte Frithjoffs Frau zur Briefträgerin gesagt. „Die Helene ist so ein Mensch, du wirst sehen, Irma. Die hört und hilft, wenn Not ist. Und sie macht kein Brimborium darum. Und glaub mir, auch die schöne Helene hat mal schlechte Zeiten."

„Und dann Schokolade", rief Helene. Sie fuchtelte mit der Hand vor dem Gesicht der Briefträgerin. „Irma, ist alles in Ordnung?"

Die Briefträgerin erschrak. „Das waren Zeiten", sagte sie.

„Aber gegen ausladende Flanken", fuhr Helene fort, „da helfen nur Abnäher und Selbstbetrug. Stellen Sie sich vor, Irma, nach jeder Sommerpause standen die Chordamen in der Garderobe und kamen kaum in ihre Kostüme. Und wissen Sie, was sie die arme Garderobiere Jahr für Jahr fragten? Ob die Kostüme in der Reinigung gewesen seien." Helene lachte. „Reinigung! Selbst wir Solisten sind wieder in die alten Plünnen gestiegen. Nur die abnehmbaren Kragen oder Jabots waren gewaschen."

„Die Pralinen, Frau Billerbeck", fragte die Briefträgerin, „sind die gefüllt?"

„Marzipan, Nougat, Karamell und irgendeine Kirschcreme", antwortete Helene.

Die Briefträgerin verzog das Gesicht und stieß den

gelben Wagen an. „Sie haben recht, die machen nur dick."

Helene schluckt den Rest vom Herz und legt den Kopf auf das Ende der Rückenlehne. Sie reibt sich den Bauch und stößt auf. Ich kann rülpsen, denkt sie und kichert. „Nach achtzig Jahren."

Die Gebetskette

„Du bist Dreck", flucht der Mann auf Persisch. Er brüllt über den Flur, von einem zum anderen Ende des Containerbaus. „Wir mussten vor dem Krieg fliehen, vor Hunger und Not. Du fliehst das göttliche Recht." Der Mann spuckt Mourad vor die Füße. „Ich weiß, was du treibst. Die Mauern hier sind aus Pappe, mehr nicht."

Mourad ist starr. Er kann sich nicht bewegen. Der Hass in den Augen des Mannes ist größer als die fremde Faust vor Mourads Brust und kalt wie die Gebetskette in der Luft.

„Der Ungläubige mit dem Haar wie Stroh wird dir nicht helfen", brüllt der Mann. „Der benutzt dich nur. Und eines Tages wirft er dich weg, das schwöre ich dir bei den neunundneunzig Perlen meiner Misbaha*." Der Mann hebt die Faust höher und die Gebetskette vor Mourads Augen. Sie baumelt wie eine große Schlaufe in der Luft. Ihre Perlen aus Tigeraugen glänzen, die schwarze Seidenquaste hängt wie ein toter Vogel an ihrem Ende.

Mourad hört Schritte auf der Treppe nahen, ein Gewirr aus Stimmen. Er fasst Mut, tritt auf den Mann zu und sagt: „Er spricht von Not und trägt eine Misbaha aus Edelsteinen? Und sein Schlepper, wer hat seinem Schlepper das Vermögen für die Flucht gezahlt. Ich bin im Bilde über ihn. Die Mauern hier sind aus Pappe, mehr nicht."

Der Mann schreit im Zorn. Er schreit sich zwei Adern auf die Schläfen und Spucke auf das Kinn. Er verflucht Mourad, verflucht die Frauen und Kinder, die in den Flur drängen. „Verflucht", schreit er und schlägt die Gebetskette nach Mourad. Die Misbaha reißt. Die Tigeraugen fliegen und fallen prasselnd auf den Boden. Die Kinder johlen und laufen den Edelsteinen hinterher. „Wehe euch", schreit der Mann. „Ihr seid nicht besser als dieser Hurensohn."

Ein zu gutes Herz

„Er hat einen Namen", sagt Maike. Sie rollt ihrem Vater eine rote Zwiebel zu. „Er heißt Mourad. Und er hat Philosophie studiert." Sie presst eine halbe Limette mit den Fingern in die Handmulde, bis die Hand schmerzt. Sauer rinnt der Saft aus der Faust in die Schüssel.

Philosophie studiert, denkt Frithjoff, in der Wüste? Als hätte dieses Land noch einen Philosophen nötig. Er setzt das Messer an und zieht der Zwiebel die Haut ab. „Behaupten kann man viel, wenn die Heimat weit ist", sagt er. „Oder der Ort der Schande", fügt er hinzu. „Der alte Billerbeck hat nach dem Krieg erzählt, er habe im Osten nur Versorgungsaufgaben erledigt. Irgendwann hat sein Weib im Suff geplappert. Er habe seine Uniform mit dem Totenkopf vor seiner Rückkehr in einen Graben geschmissen und die eines toten Muschkoten angezogen, sonst hätten sie ihn an die Wand gestellt."

„Hat dich nicht abgehalten, mit ihm im Gasthaus zu saufen", sagt Maike. Salz rieselt vor Frithjoffs Augen aus ihrer Hand in die Schüssel. „Ole hat die Papiere der Universität Isfahan gesehen", setzt sie hinzu. Sie verrührt das Salz mit Joghurt und Limonensaft. Der Löffel in ihrer Hand stößt hart gegen das Glas.

Frithjoff fuchtelt mit dem Messer vor seinem Gesicht. Er riecht die zerschnittene Zwiebel. „Und manche haben zwei oder drei Pässe, mein liebes Kind." Er tippt auf die Zeitung wie zum Beweis. Zwiebelsaft tropft von der Schneide auf das Papier.

Maike schiebt den Filetkopf über den Küchentisch. „Die Silberhaut ziehst du ab", sagt sie fest. „Das kannst du am besten."

Frithjoff stiert auf das Fleisch. Er kennt den Ton, der erschaudern lässt. „Ich sorge mich doch nur", sagt er versöhnlich und blickt über die Straße zum Haus gegenüber. Die Fenster mit den weißen Kreuzen glänzen dunkel. „Du hast ein zu gutes Herz, Kind." Er schiebt die zerhackte Zwiebel auf einem Holzbrett über den Tisch. „Wie deine Mutter."

Frithjoff denkt an eine Begebenheit in Maikes Kindheit. Sie war schreiend in den Garten gelaufen. Sie hatte sich vor ihren Vater gestellt, unter den erhobenen Spaten in seinen Händen. Das Blatt blitzte kalt. In der Kuhle hinter ihren Füßen lag ein halbnacktes Taubenküken. „Es hat keine Chance", hatte Frithjoff gesagt. „Es ist verkrüppelt." Maike nahm das hässliche Küken in die Hände, zog es auf und nannte es Humpel. Als die hinkende Taube das erste Mal über den Dächern flatterte, sah Frithjoff die Beseeltheit seiner Tochter und am Himmel den Tod. Ein Turmfalke stand in der Luft. „Schnell, schnell", rief Frithjoff und schob Maike zur Tür. „Hol den Fotoapparat." Maike lief ins Haus. Der Falke griff Humpel in der Luft und flog den geschlagenen Vogel zum Turm der Kirche. „Humpel ist fort", hatte Frithjoff gesagt, um nicht zu lügen.

„Ein Herz kann nicht zu gut sein", sagt Maike und rührt Zwiebelstücke und Knoblauch in die Marinade. „Fehlt nur Safran."

„Schmeckt auch so gut", beschwichtigt Frithjoff.

„Sicher", erwidert Maike, „wie es sich für ein gutes persisches Rezept gehört."

Umstimmen

„Was macht Osmin in meinem Haus", flüstert Helene. Sie trägt einen Topf Lerchensporn vor der Brust. Der traubige Blütenstand wippt vor ihrem Mund, als wäre Wind im Gewächs.

„Mutter", sagt Ole. „Das ist Mourad. Er soll eine Zeit bei uns wohnen. Im Wohnheim macht man ihm das Leben schwer. Wir hatten doch darüber gesprochen." Ole spricht mit Bedacht. Er spricht, als kämen ihm die Sätze zum ersten Mal über die Lippen, als machten sie ihm keine Angst.

Helene nickt wie zuvor. Sie erinnert sich nicht. Sie schiebt den Topf auf das Fensterbrett und den Zeigefinger in die Erde zwischen die Wurzelknollen. „Viel zu nass", klagt sie und hebt den Finger in die Luft. Die Haut der Kuppe ist feucht. Unter dem Fingernagel ist Erde. Sie ist seit Tagen dort, seit Helene sich angewöhnt hat, die Blumentöpfe mehrmals täglich zu prüfen. Die Erde bleibt dort, bis die Fußpflegerin zum nächsten Termin kommt und sich der Hände erbarmt. Sie war eine so gepflegte Dame, wird die Fußpflegerin wieder denken. Die Frau wird sich über die knochigen Füße beugen und den fremden Schoß riechen, die vergangenen Tage, das Versagen. Sie wird ohne Laut stöhnen und denken: So riecht das Ende vom Stolz. Die Fußpflegerin wird sich an den Duft von Sandelholz und Lavendel erinnern, während sie würgt und hüstelt und die Luft anhält und überlegt, die Arbeitsstelle aufzugeben. Doch das Trinkgeld wird sie noch einmal umstimmen und der Gedanke an ihre Schulden, an die sich Helene nicht mehr erinnert, bis die ahnungslose Fußpflegerin ungeheißen verspricht, sie zu begleichen.

„Ich weiß nicht", sagt Helene zu Ole. „Das Gästezimmer ist inzwischen eine große Rumpelkammer."

„Er kann in meinem Zimmer bleiben", sagt Ole.

Helene äugt. Im Heiligtum, denkt sie. An der Türklinke hängt ein Schild vom Strandhaus Kaiser: Bitte nicht stören! Helene folgt der Bitte seit vielen Jahren. „Wie du willst", sagt sie, „aber ich stelle mich nicht mehr an den Herd zum Kochen."

Ole schaut in die Küche. Neben dem Herd steht ein Steinkrug. Holzquirle ragen aus ihm, Hornlöffel, Schneebesen, Pfannenwender. Staub liegt auf ihnen wie grauer flockiger Schnee.

Die Straße

Frithjoff öffnet das schwarze Sakko, den obersten Knopf am weißen Hemd. Maike löst die Schleife am Kragen ihres schwarzen Kleides. „Es war eine schöne Beerdigung", sagt sie.

Die Briefträgerin spuckt auf die Glut ihrer Zigarette und sagt: „Arbeit geht vor." Sie hustet und denkt: Von der Abneigung ganz zu schweigen.

Frithjoff schaut die Straße hinunter. Er zählt die Häuser, aus denen der Tod die Alteingesessenen geholt hat. Maike sucht die Melodie des Orgelstücks nach der Grabrede. „Beliebt war sie nicht", sagt Frithjoff, „aber irgendwie wird sie fehlen." Er denkt an das Klacken des Krückstocks in der Frühe und am Abend. Das haben sie auch begraben, denkt er.

Die Briefträgerin sieht aus dem Augenwinkel auf sein Gesicht. Warum schaut er, als hätten sie Helene beerdigt?, denkt sie.

„Früher", sagt Frithjoff, „früher haben wir uns mit den Nachbarn über den Gartenzaun unterhalten. Und wir haben uns geholfen."

Maike neigt den Kopf zur Schulter. Sie klopft dem Vater sanft den Rücken. „Wie oft hast du gestöhnt", sagt sie, „der Hans komme schon wieder, der Billerbeck mit den zwei linken Händen." Frithjoffs Gesicht wird plötzlich weich, der Mund breit. „Der war wirklich zu nichts zu gebrauchen. Hat man nach einer Flachzange gefragt, hielt er eine Kneifzange hin. Selbst die Helene hat gewusst, was ein Stichling ist. Oder ein Kuhfuß."

Die Frauen sehen sich an. Eine hat den Gedanken der anderen.

„Ich habe ihm immer geholfen, damit er am Abend seinen Alten narren konnte. Das hat dem Miesepeter gar nicht gefallen. Aber noch weniger konnte er es ausstehen, wenn sein Hans versagte. In seiner Wut hat er einmal geflucht, der Hans Frank* würde sich im Grab umdrehen, wenn er wüsste, Namensgeber für seinen Sohn zu sein.

Dabei hat es nie ein Grab für den Schlächter gegeben. Die Asche vom Frank haben sie in den Wenzbach gestreut. Und stellt euch vor, ein anderes Mal hat der alte Billerbeck sein Weib angeschrien, sie solle ihm erklären, mit wem sie ihm den Hans untergeschoben habe." Frithjoff lacht leise. „Früher", sagt er. „Heute kenne ich nicht einmal die Namen der Leute hier in der Straße. Man hortet tagelang Päckchen für sie und die danken nicht einmal. Sie stellen sich auch nicht vor. Man liest ihre Namen auf den Sendungen und sie nicken nur. Und dann drehen die sich um und gehen."

„Erzähl's mir", sagt die Briefträgerin. Sie spürt den feuchten Zigarettenstummel in ihrer Hand suppen. Sie will ihn vor das Haus der Toten werfen. „Das sollte ich nach der Beerdigung nicht sagen, Frithjoff, aber die ihr vor einer Stunde zu Grabe getragen habt, war nicht besser als die Leute, von denen du sprichst. Selbst der Sensenmann wollte ihr nicht entgegentreten. Der hat sie im Schlaf geholt. Dabei hätte sie sein Weib sein können. Aber vielleicht war es das."

Maike hat die Melodie gefunden. Sie summt und nickt.

„Mag alles sein", erwidert Frithjoff, „aber nun stehe ich hier und muss wie mein Vater reden: ‚Alt und wählerisch gehen schlecht zusammen.'"

Der Riss

Helene steht vor dem Spiegel. Sie richtet ihr weißgraues Haar und schaut auf Ole. Helene sieht das Profil seines Vaters und erschrickt. Sie sieht, was sie hört und weiß, seit Ole erwachsen ist. „Dem Hans aus dem Gesicht geschnitten", sagen die Leute. Mit den Jahren werden es weniger. Eine von ihnen liegt seit Stunden unter Erde und Kränzen, keine dreihundert Meter entfernt. Vor dem Haus der Toten liegt der Zigarettenstummel der Briefträgerin.

Helene sieht sich in die Augen, sie betrachtet ihre Nase, ihren Mund. Sie sieht Ole im Nebenzimmer stehen, sieht im Spiegel sein Kinn auf ihrer Schulter. Helene sucht ihr Gesicht in seinem Spiegelbild und kann es nicht finden. Wie der Hans, denkt sie, denkt an die beiden Fotografien auf ihrem Nachtschrank, die sie jede Woche mehr ängstigen. „Hans ist auf dem vergilbten Papier", wispert sie an guten Tagen, „und Ole auf dem weißen." Seit einem Monat stehen die Namen der Männer auf den Rückseiten der Bilderrahmen. Es gibt Tage, an denen dreht Helene die Fotos in ihren Rahmen mehrere Male um. Seit einer Woche ist das Glas über dem Gesicht von Hans gesprungen. Helene warf das Bild zu Boden, nachdem sie Ole geflüstert und Hans gelesen hatte. Sie warf es mit einem Schrei und hob es unter Tränen wieder auf den Nachtschrank zurück. Seit jenem Tag sieht Helene einen Riss auf ihrem Gesicht, wenn sie Hans durch das Glas betrachtet, wenn sie ihn fragt, was geschehe und warum der Riss nicht genüge, um ihn und Ole auseinanderhalten zu können. Oft sagt sie: „Schweigsam bist Du. Wie im Leben." Und sie erinnert sich an die erste Begegnung in der Theaterkantine.

Sie war an den Tresen getreten und hatte gegrüßt und Hans hatte genickt und wieder ins Glas gesehen. „Da bin ich an einem Abend die Sängerin Stella und die Puppe Olympia, Tochter Antonia und am Ende die Kurtisane Giulietta", hatte Helene in die Runde gerufen, „und keine hat dem Mann hier gefallen." Die Kollegen hatten gejohlt und Hans war rot geworden. „Vielleicht versuche ich es einmal als abgeschminkte Helene", rief sie und sah Hans Billerbeck grinsen.

Helene fasst auf den Spiegel. Ihre Hand liegt zwischen Ole und dem Glas. Ihre Haut wird warm, als hätte sie den Sohn berührt. „Der junge Mann, der Osmin", sagt Helene und lässt die Hand sinken. „Er scheint nett zu sein."

Ole nickt: „Mourad ist gut."

Getroffen

Mourad dreht sich bedächtig im Zimmer. „Dein Reich", sagt Ole. Mourad sieht vom Bett zum Schrank neben der Kommode, vom Schreibtisch zum Stuhl. Ihr Kiefernholz ist dunkel von dreißig Sommern. Im Regal stehen Lexika, Autos und Zinnsoldaten. Ihre Flinten sind auf die Landkarte über dem Bett gerichtet. Über dem Sofa hängt eine Gitarre. In ihrem Schallloch sitzt ein staubbedeckter Vogel aus Stoff. „Ein wunderschönes Instrument", sagt Mourad. Sein Finger tippt gegen einen der Wirbel.

„Meine Mutter hat sie mir mal zu Weihnachten geschenkt", sagt Ole. Er stöhnt leise wie Helenes Mutter an jenem Heiligen Abend.

„Meine liebe Tochter", hatte seine Großmutter spitz gemurmelt. Sie hatte auf die Gitarre unter dem Weihnachtsbaum geschaut, als könnte sie dem Glanz auf dem Zedernholz so wenig glauben wie dem in den Augen ihrer Tochter. Sie hatte die flache Hand zwischen die Billerbecks und Helenes Ohr gehalten und geflüstert: „Zugegeben, da sind Kopf, Hals und Korpus, aber allesamt aus Holz und Letzterer hohl. Kein guter Ersatz für eine Mutter. Nicht einmal ein schlechter." Helene war mit der Mutter schwermütig geworden. Sie hatte an das nächste Gastspiel gedacht, den nächsten Abschied von Ole und Hans und Haus und Hof. Sie hörte den alten Billerbeck tönen, ob sein Enkel Barde werden und wie ein Vagabund herumstreunen solle. Seine Frau hatte das spitze Kinn gehoben. Sie musterte die Schwiegertochter und sah den Schmerz. Grienend nahm sie Ole in den Arm und kniff ihm in die Wange.

Nach den Feiertagen war Hans mit seinen Stoffballen in den Süden gefahren und Helene mit ihrem Kummer und ihrem Ensemble in das Rheinland.

Der alte Billerbeck hatte Ole hinter die Garage gerufen. Er hatte Ole sein Luftgewehr wie eine Opfergabe entgegengestreckt. „Das ist meine alte Diana. Wenn ich einmal nicht mehr bin, Ole, dann gehört sie dir." Der Alte war von seinen Worten gerührt gewesen. Er hatte mit dem weichen Tuch über den Lauf gerieben, die Laufmutter und am Ende über seine Augen. „Ein richtiger Junge muss schießen können, Ole." Sein knotiger Gichtfinger war auf drei Dosen gerichtet. „Die musst du vom Balken holen." Die Dosen hatten Gesichter aus Strichen. „Schau", sagte der Alte. Er erklärte Kimme und Korn und schoss der ersten Dose einen offenen Mund. „Nun du, mein Junge." Ole hatte in den gerissenen Stamm vom Kirschbaum getroffen, in den Sägebock. Der alte Billerbeck hielt sich das verzerrte Gesicht, als wären die Kugeln durch seine Brust in Baum und Bock geschlagen. Schließlich fiel eine der Dosen unter Scheppern zu Boden. „Getroffen", rief der Alte und schlug sich mit den Händen auf die Schenkel. Er atmete auf. „Du bist ein Billerbeck", sagte er, sah sich um und hob den von Gicht geschwollenen Zeigefinger. „Ein Billerbeck kann schweigen, Ole. Also kein Wort zu deinen Eltern!" Ole hatte genickt und alles der kleinen Maike erzählt. So war sein Schießen das Gespräch der Straße und der Grund zur Rage seiner Eltern geworden. Waren Hans und Helene wieder fortgefahren, hatte er den Großvater um die Diana gebeten. Ole gab den Büchsen mit den Gesichtern Namen. Der Abstand zwischen ihnen und ihm wurde immer größer, die Trefferquote wurde größer – so wie die Zufriedenheit des alten Billerbeck und die Trauer der Eltern.

Ole nimmt die Gitarre von der Wand. Er greift in die Saiten, in den Staub. „Ich musste Unterricht nehmen", sagt er. „Ein Graus war das."

Das Ticken

Die Glocken läuten. Frithjoff legt die Zeitung in den Schoß und schlägt ein Kreuz. Er sieht die Uhrzeiger das weiße Ziffernblatt teilen, sieht einen dünnen Strich zwischen der Zwölf und der Sechs. Frithjoff sucht noch einmal das Klacken des Krückstocks in seinem Kopf. Nicht lange, denkt er, und die Stadt wird das Haus der Alten räumen. Und die neuen Eigentümer werden nicht wissen, wer durch die Scheiben in den Tag geschaut hat oder in die Nacht. Und der abgeschnittene Strick auf dem Dachboden wird sie nicht bekümmern. Und sie werden die alte Zinnwanne in der Erde unter dem Kompost finden und säubern. Und sie werden sie mit Geranien bepflanzen und nie erfahren, was vor langer Zeit mit ihr vergraben wurde.

Die Glocken schweigen. Die Uhr tickt. Frithjoff hebt die Zeitung vor das Gesicht und liest die Namen der Toten. Er zählt von einer Jahreszahl zur nächsten. Und er spürt das Ticken in der Brust, im Hals, im Kopf, als würde es das Blut treiben. Er lässt die Anzeigenseiten fallen und geht zur Wand. Er nimmt die Uhr vom Nagel und die Batterie aus der Uhr. „Weißt du, was von uns bleibt?", fragt er.

Maike legt ihm die zusammengefaltete Wäsche in den Schrank. Sie richtet die Unterhemden auf Kante aus und schiebt ein Stück Seife in den Stapel. „Kommt drauf an", sagt sie.

„Ich werde noch eine Todesanzeige bekommen, so wie deine Mutter", sagt Frithjoff und weiß um den schwachen Trost. „Aber du? Wer soll sie für dich aufgeben?"

Maike lächelt. Sie riecht an ihren nach Mandelmilch duftenden Händen. „Du meinst, es träfe mich noch im Tode?" Sie geht zum Schrank zurück und zieht die Seife zwischen den Unterhemden hervor. „Das hat mir Mutter beigebracht."

Frithjoff geht zum Sessel. Er tritt auf die Zeitung, auf den Namen der Toten. Mürrisch blickt er zur Seife. „Und wem bringst du das bei?"

„Vielleicht niemandem, niemandem, um den ich mir nach meinem Tod Sorgen machen muss. Vielleicht bleibt nur die Esche im Hof von mir. Vielleicht sind es viele Eschen, weil der Wind ihre Samen in die Nachbarschaft getragen hat."

„Du bist noch jung, aber warte. Die Jahre werden dich was lehren." Frithjoff hebt die Zeitung auf und setzt sich. Die Batterie rutscht aus seiner Hosentasche und schlägt krachend auf die Dielen.

Graues Land

Helene geht zum Fenster. Sie schaut in den Himmel über der Straße. Die Wolken schieben sich gemächlich, als wären sie zu schwer oder der Wind zu schwach. Helene steigt in ihre Schuhe und nimmt den Mantel vom Haken. „Gehen wir", sagt sie fest.

Ole legt den Kugelschreiber zwischen die Aktenordner vor seiner Brust. „Wohin?"

„Durchs Dorf", sagt Helene und nestelt am Kragen im Nacken.

Ole öffnet den Mund, ohne etwas sagen zu wollen. Er denkt nur, was er sagen könnte: Durchs Dorf laufen nur noch die Alten. Ole weiß nicht, warum er den Satz der Mutter nicht wiederholen kann. Er spürt allein die Zunge kalt werden und schwer. „Ich muss arbeiten", sagt er schließlich.

Helene wendet sich auf den Hacken Mourad zu: „Junger Mann, gehen wir spazieren." Ihre Stimme lässt offen, ob sie fragt, bittet oder verlangt.

Mourad legt das Buch in den Schoß. Er schaut vom Gedruckten zu Ole mit dem offenen Mund, zu Helene mit dem offenen Blick. „Warum nicht", antwortet er und erhebt sich.

„Es regnet sicher gleich", sagt Ole. „Warum zeigst du Mourad das Dorf nicht bei Sonnenschein?"

Helene greift nach dem Stockschirm. Sie hält ihn wie eine Tambourmajorin ihren hüfthohen Stab. „Das ist nun mal ein graues Land", sagt sie. „Das kann man fürchten, aber Regen wohl kaum."

Mourad greift die Jacke. Er zuckt Ole gegenüber mit den Schultern und keiner von beiden weiß es zu deuten.

Als Mourad Helene die Tür öffnet und die Straße sieht, ahnt er, was er mit dem Schritt auf das Kopfsteinpflaster findet. Es ist ein viele Monate altes Gefühl. Die Fremde ist in der Welt wie Schatten, denkt er, und es hilft nicht, um die Sonne zu wissen.

Helene schaut um sich. Die kahlen Linden stehen wie Tote in Reih und Glied. „Gespenstisch", sagt sie und denkt an das frische Grab auf dem Friedhof am Ende der Allee. Sie hebt den Schirm in die Waagerechte. Seine Zwinge weist die Richtung, zum Ende des Dorfes.

Mourad geht mit gesenktem Kopf. Sie stehen hinter den Gardinen, denkt er, dort wirft der kleine Mann seinen Schatten hinter sich wie sein Gewissen. Überall. Mourad erinnert sich gut. Er war gerade eingeschult worden. Sein Vater rief ihn an das Wohnzimmerfenster und zeigte durch einen Spalt der Vorhänge zur Straße. „Das ist ein Yezide", sagte er. „Schau ihn dir an, Mourad, er gehört zu den Teufelsanbetern. Es heißt, er kommt aus dem Norden, aus der Gegend um den Urmia-See. Nun treiben sich die Götzendiener auch hier herum." Mourads Mutter zog den goldenen Anhänger mit der Hand der Fatima* an ihrer Halskette hervor und legte kurz ihre Lippen darauf. „Bevor sie ihre Schreine betreten, küssen sie schwarze Schlangen", sagte sie. „Sei still", herrschte der Vater sie an. Er zog den Finger zwischen den Enden der Gardinen hervor und drückte ihn Mourad auf die Stirn. „Das Fremde, mein Junge, das Fremde musst du meiden."

Helene stößt die Schirmspitze gegen das alte schmiedeeiserne Tor am Ende der Allee. An seinen Stäben rosten Kreuze und Rosen. „Der Friedhof und die Kirche sind das Schönste hier", flüstert Helene.

Die Exoten

„Nun habt ihr auch einen", sagt die Briefträgerin. Sie leckt das Zigarettenpapier mit der Zungenspitze feucht. „Ich habe mich an die in meinem Block gewöhnt, Frithjoff. Den Pinguin, so nennen die Kinder die Verschleierte, sehen wir kaum. Und ihr Alter sitzt nur auf der Bank und qualmt und spielt mit dieser Perlenkette in der Hand. Manchmal denke ich, der schaut seinem Bart beim Wachsen zu. Die Kinder, die sind süß. Manchmal schenke ich ihnen Briefmarken, dann werden ihre großen Augen noch größer. Und schnattern können die Lütten. Die sprechen Deutsch, als wären sie von hier. Aber die Alten, ach du liebe Zeit. Meine Nachbarin sagt: ‚Die sind und bleiben wie die Exoten im Zoo.' Das sähe man in den Augen, meint sie. Nichts als Trübsinn sei darin."

Frithjoff hat keinen Blick für die Briefträgerin. Er schaut über ihren Kopf in die kahlen Linden. „Die Helene ist mit ihm spazieren gegangen", sagt er. „Stell dir das vor, Irma. Zum Friedhof ist sie mit ihm. Dabei ist das Grab vom Hans seit Jahren eingeebnet. Und dann sind sie zurück und zum Park. Ich dachte noch, ob sie ihn zu dem Volk da bringen will. Aber das Wetter war selbst denen zu schmuddelig."

Die Briefträgerin schmaucht. Der Tabak schmeckt ihr nach Kohle. Kehricht, denkt sie und fragt nach Ole.

„Statt Beinen hat der vier Reifen", sagt Frithjoff. „Der kommt auf seinen Füßen gerade noch so ins Haus und vom Haus wieder ins Auto. Das letzte Mal habe ich ihn zur Beerdigung vom Hans mehr als zwanzig Meter gehen sehen. Ein Eigenbrötler ist das, schlimmer als sein Vater. Und dann …" Frithjoff stockt. Er lugt hinter sich, zur offenen Haustür. „Dann schleppt er diesen Fremden an", sagt er leise. „Da stimmt doch was nicht, Irma. Was soll der hier?"

Die Briefträgerin wiederholt die Frage und hebt die Schultern. „Hab ich dir mal von meinen Vorfahren erzählt, Frithjoff? Hugenotten", sagt sie, ohne eine Antwort zu erwarten. „Sind von Frankreich ins Brandenburgische. Flucht oder Galeere für die Männer, Zuchthaus für die Weiber. Oder eben Brandenburg."

Frithjoffs borstige Brauen schieben sich über dem Nasenbein zusammen. Die Briefträgerin schaut auf die Glut der Zigarette. „Die Einheimischen haben nachts Feuer gelegt, hat meine Urgroßmutter erzählt. Die hatte es in alten Aufzeichnungen gelesen. Scheiben wurden eingeworfen. Die kleinen Leute mochten die Hugenotten nicht, weil sie Französisch sprachen, so wie die ganz oben. Dann wurden sie auch noch von irgendwelchen Steuern befreit. Und die Männer, die mussten kein Soldat sein. Stell dir den Neid vor. Und der Neid, hat meine Urgroßmutter immer gesagt, ist giftiger als ein Salat aus Fingerhut und Blutkraut."

„Das ist alles lange her, Irma."

„Und doch kann ich dir davon erzählen", sagt die Briefträgerin. „Meine Nachbarin meinte zu meiner Geschichte, es gäbe einen großen Unterschied zum Heute. Und ich glaube, bis zu einem gewissen Punkt liegt sie richtig. Meine Leute haben eine neue Heimat gesucht, meinte sie, aber die meisten Flüchtlinge heute nur das Weite."

„Eine wie deine Nachbarin nennt man wohl weise", unterbricht Frithjoff.

Die Briefträgerin hebt die Hand wie zum Einspruch. „Das denkt sie von sich. Ich weiß allerdings auch, wie lange die Hugenotten gehofft hatten, wieder nach Frankreich zurückkehren zu können. An die dreißig Jahre."

Die Kirchturmuhr schlägt die volle Stunde. „Man wird sehen", sagt die Briefträgerin.

Schwein

Helene dreht die hölzerne Kurbel. Aus der metallenen Lochscheibe quellen vierundfünfzig dicke Fäden aus Fleisch. Dicht an dicht gleiten sie in die weiße Schüssel auf dem Tisch.

„Erzählen Sie mir von Ihrem Kindermädchen, Mourad", bittet Helene.

Mourad riecht das Fleisch. Er nickt. „Amara hat eine deutsche Mutter, ihr Vater war Iraner. Einen Monat nach unserer Rückkehr war sie durch unsere Tür getreten und blieb. Sie sprach Deutsch, Persisch, Englisch, Französisch. Es wurde gemunkelt, ihr Vater habe Verbindungen nach Riad gehabt. Das hat ihn den Kopf gekostet. ‚Einer fällt, einer steigt', hat mein Vater immer gesagt."

„Das kennen wir in diesem Land nur zu gut", sagt Helene und gräbt die Finger in das kalte Fleisch. „Ihr Kindermädchen hat jedenfalls ein kleines Wunder vollbracht", fährt sie fort und meint Mourad. Und Mourad sieht seinen Vater mit dem Kopf zwischen Amaras Schenkeln und Amaras starre Augen und ihren gestreckten Finger über ihren Lippen. Und Mourad denkt noch immer, wie beiden der Atem gestockt haben muss, jedem aus einem anderen Grund.

„Kleine Kinder lernen eine Sprache wie das Luftholen", sagt Mourad. Er rollt ein Ei über den Tisch, von einer Hand in die andere. „Und ist sie anderen eine fremde Sprache, können sie es jeden spüren lassen, der sie nicht beherrscht. Das ist das Größte. Meine Mutter konnte uns nicht verstehen und meine Schwestern und mein kleiner Bruder nur schlecht. Meine Mutter machte das wütend wie die Gegenwart unseres Kindermädchens. Aber Amara wusste alles über meine Mutter und deren Eltern. Und sie wusste, dass sie mit diesem Wissen sicher war. ‚Das Wissen', so sagte sie immer, ‚ist in diesem Land groß wie ein Galgen und stark wie ein Stein.' Wenn meine Mutter es doch einmal wagte, Amaras Anwesenheit infrage zu stellen, sagte mein Vater: ‚Glaub mir, der Junge wird es zu etwas bringen. Es hat noch keinem geschadet, die Sprache seiner Feinde zu verstehen.'"

Helene greift das rollende Ei und schlägt es auf die Schüsselkante. Sie schaut auf Mourad.

Was Mourad nicht erzählt, denkt er. Wie sein Vater ihm einmal ins Gesicht geschlagen hatte. „Agash* schaut dir aus den Augen", hatte er gezischt, „da hilft dir auch kein Raunen in fremder Sprache." Und Amara war böse mit Mourad geworden. „Schwein ist ein grässliches Wort", hatte sie geschimpft und sich abgewandt.

Helene kaut auf dem rohen Fleisch. Halb und halb schmeckt besser, denkt sie. Sie schüttet Salz in die Schüssel und Pfeffer und sagt: „Das ist nur Rind."

Ole schaut in die Küche, auf Helene in der Schürze mit den vergilbten Falten. Er glaubt kaum, was er sieht. Und Helene meint zu wissen, was er glaubt. „Wir haben schließlich einen Gast", sagt sie.

„Ich habe schon Schwein gegessen", sagt Mourad plötzlich und fragt: „Wie heißt das Ding mit der Kurbel?"

„Fleischwolf", antwortet Helene.

Das Bellen

Mourad liegt auf dem Bett. Die Zinnsoldaten stehen im Mondlicht. Sie stehen starr, als fürchteten sie das Bellen wie die Hunde im Dorf. Mourad kennt die Furcht.

„Wenn du den Soldaten deiner Heimat entkommst, den Hunden entkommst du nicht", sagte einer der Schleuser. Er zeigte seine halbe Wade wie eine Trophäe. „Sie sind wie Ungeheuer. Als würden sie sich für ihr Schicksal an uns rächen wollen. Die Hunde zerfleischen ausgerechnet uns, die wir wie sie von ihren tyrannischen Herren Hunde geschimpft werden."

Der Schleuser zog das Hosenbein über die Wade. „Da sage mir einer, der Hund sei nicht dumm."

Mourad schwieg. Er dachte nur: Wer unten ist, beißt nach unten. Er dachte an sein Geld in den Taschen der Schleuser und wie töricht es war, andere Ansichten zu haben. Er dachte an das Gerücht, der eine oder andere Tote an der Grenze zur Türkei sei auf ihr Kerbholz gegangen.

„Verärgere sie nicht", hatte der alte Mittelsmann geflüstert und zu den Schleusern geschaut. „Sie nehmen dir dein Geld ab und dein Telefon und deine guten Lederstiefel und sie ersäufen dich, wenn sie im Gebirge eine Pfütze finden. Oder sie schlagen deinen Kopf an einen Stein. Sie verschwenden nicht einmal eine Kugel. Und niemand wird nach deinen Mördern suchen, denn die oben wissen, wer gemeuchelt wurde. Sie werden die Fotos deiner Familie bei dir finden, alles was deine Erinnerungen weckt, aber leicht genug ist für die Reise und ohne Wert für die Schleuser. Und sie werden denken, ein Problem weniger, denn die Kerker sind voll und der Feinde jenseits der Grenzen zu viele."

Ole zieht den schweren Vorhang zwischen den Mond und die Zinnsoldaten. „Ich muss schon in der Frühe fahren", sagt er und steigt ins Bett.

Mourad lauscht in die Nacht. Die Hunde schweigen. „Ich hoffe nur, deine Mutter weiß morgen, warum Osmin durch ihr Haus geht", sagt er und spürt Angst vor dem Morgen. Dabei sagte er sich vor nicht allzu langer Zeit auf der dunklen Ladefläche des Lasters nach Istanbul, wer die Milizionäre überlebt, die Soldaten, die Hunde, die Schleuser, der überlebt auch die Minuten mit einem falschen Pass vor einem Beamten am Flughafen von Istanbul.

Ole streicht Mourad kurz über den Arm. „Mutter mag dich", sagt Ole, ohne es zu wissen.

Das Bellen ist zurück. Es hallt durch das Dorf. Mourad zieht die warme Bettdecke zum Kinn. Er denkt: Die Hunde klingen hier fett und faul.

Das Paradies

Ole fährt mit dem Auto aus dem Dorf. Mourad hebt zum Abschied die Hand. Er denkt an die flüchtige Umarmung, an den Blick von Helene, verstohlen und kurz. „Weg ist er", sagt sie. Mourad dreht sich mit ihr um und geht in ihrem Schatten zurück zum Haus. „Die Tage werden länger", sagt Helene. „Was werden Sie in unserer Ödnis anfangen?"

Mourad greift in das Gesträuch am Zaun. Die verdorrten Zweige knacken. „Ich könnte Ihnen im Garten helfen."

„Sie sind doch nicht zum Arbeiten hier." Helene denkt an die Nachbarn, an ihre Idee, Garten und Müßiggang die Hoheit zu überlassen. „Und mit den Rosen muss man sich auskennen", fügt sie sanft hinzu. Sie beugt sich über den Zaun und zieht den Rosenbusch mit spitzen Fingern auseinander. „Man muss wissen, wie sie zu schneiden sind."

Mourads Augen fassen die Augen am Zweig. „Hier", sagt er und legt den Finger an das Holz. „Einen halben Zentimeter über dem dritten Auge und leicht schräg. Und an diesem stärkeren Trieb bleiben fünf stehen."

Helene richtet sich auf. Sie kratzt sich den Kopf und zählt aus der Erinnerung von der Erde am Trieb aufwärts. Sie dreht den schweren Smaragdring am Finger und sagt sich: „So muss es wohl sein." Und sie fragt: „Woher wissen Sie das?"

„Von einem Gärtner", erwidert Mourad. „Der alte Mohammed kam oft zu uns. Er wusste alles über Wacholderbäume, Natternköpfe, Kaiserkronen, Rosen. Er freute sich, wenn ihn jemand etwas fragte, denn niemand wollte wissen, was er tat. ‚Die Menschen wissen ja nicht einmal, was sie besitzen', sagte er oft, ‚doch hast du einen Garten, so besitzt du das Paradies.'"

„Das ist wundervoll", sagt Helene.

„Das ist weibisch", hatte Mourads Vater gesagt. „Und kommt mir nicht mit eurem Hafis* und seinem Dīwān." Die Mutter hatte zum Kindermädchen gesehen. Das Kindermädchen blickte in das Buch in ihren Händen. Sie dachte, was sie Mourad predigte: Du erstickst nicht am verhehlten Wort. Der Vater griff sich in den Bart: „Mit Rosen ernährt man keine Familie. Mit Ghaselen ebenso wenig." Er sah zum Kindermädchen. Sie wusste, was sie zu tun hatte. Und Mourad wusste es. „Höre, was dein Vater spricht", sagte sie mit bittendem

Ton. „Ja", antwortete Mourad für das Kindermädchen Amara.

„Gut", sagt Helene. „Der Garten ist Ihrer, junger Mann."

Du weißt

Die Briefträgerin blickt zum Haus der Toten. „Die ersten Interessenten sind da", sagt sie.

Frithjoff schaut ungläubig: „Mein Gott, die Blumen auf ihrem Grab haben noch nicht angefangen zu welken." Er stützt sich auf den Besen. Die roten Borsten biegen sich auf dem Kopfsteinpflaster.

Die Briefträgerin fingert in der Jackentasche. Sie reibt das Geldstück aus dem Vorgarten der Toten. Die Sonne ließ es leuchten wie eine Sonne. „Die Geier riechen den Tod", sagt die Briefträgerin. „Als wären sie mit ihm verwandt."

Frithjoff spürt das Ende des Holzstiels auf der Brust. „Was sind das für Leute?", fragt er.

Die Briefträgerin hebt einen Mundwinkel. „Die Frau ist jung, sehr jung. So eine Art Weibchen. Wenn sie den Mund aufmacht, weiß man, warum der Zausel sie genommen hat: Dass sie den Mund auftut, aber nicht zum Reden." Die Briefträgerin formt mit der Hand einen Kreis. Sie bewegt ihn vor dem offenen Mund vor und zurück und lacht, lacht sich einen grünen Schleimbrocken in den Hals.

Frithjoff hörte davon. Hans hatte vom Blasen gesprochen. Frithjoff kann es sich bis heute nicht vorstellen. „Meine will es ja nicht einmal mehr zwischen den Beinen", hatte er Hans erzählt.

Die Briefträgerin hustet. Sie geht hinter eine Linde und spuckt. Der Schleim hängt zwischen zwei Schösslingen. Die Sonne macht ihn leuchten, als wäre er von Wert. Die Briefträgerin wischt den Ärmel der Jacke über den nassen Mund und sagt: „Die Frau hat gefragt, ob die Gestalten aus dem Park … Dann hat die aufgehört zu reden und den Handrücken unter das linke Nasenloch gehalten und unter das rechte und Luft gezogen. Und als ich verneint habe, hat sie sich erkundigt, ob die auch hier in der Straße herumlungern würden. Da habe ich gedacht: Mädel, wenn der Zausel dich nicht genommen hätte, wären das eines Tages deine besten Freunde. Ich habe gesagt, die aus dem Park würden sich nicht einmal in die Nähe des Hauses wagen. Da hat sie große Augen gemacht. Ich habe gesagt, die Kate sei verflucht. Und stell dir vor, da erzählt sie, die Decke habe geknarrt, obwohl niemand oben gewesen sei. Ihr Mann und der Makler hätten nachgesehen."

Frithjoff greift den Arm der Briefträgerin. Die roten Borsten vom Besen richten sich auf wie das graue Haar in seinem Nacken. „Du weißt vom Dachboden?", fragt Frithjoff, als wollte er sich lediglich versichern.

Die Briefträgerin dreht das Geldstück in der Jackentasche. „Wer weiß es von uns Alten nicht", sagt sie. „Aber die Leute werden das Haus nicht kaufen, Frithjoff. Ich habe die Augen der Frau gesehen. Der Mann wird über ihre Furcht lachen, aber er wird tun, was sie verlangt. Auch seine Augen habe ich gesehen."

Frithjoff stöhnt. „Ich wünschte, jemand hätte solche Augen für Maike", sagt er.

„Das wünschst du dir nicht", erwidert die Briefträgerin.

Verstehe einer

„Fehlt dir unsere Baracke?", fragt der junge Mann mit der roten Mütze. Mourad winkt ab, durch den Dunst im Zimmer. „Ich schaue nur nach der Post. Und ob du noch lebst." Der junge Mann schnippt die kalte Asche von der Zigarettenspitze und zündet den Rest an. „Was soll mir passieren? Ich gehe kaum auf die Straße. Und wenn mich jemand draußen anspricht, hebe ich Daumen und Finger wie eine geschlossene Blüte in die Luft, wackle damit ein wenig vor der Brust herum und sage: ‚Italiano.' Und plötzlich schauen die Leute, als sähen sie einen lang vermissten Freund." Er schlägt sich die Hand auf die Brust und lacht. „Die Frau in der Essensausgabe hat gesagt, ich würde auch als Spanier durchgehen. Sie ist nett. Sie hat mich gefragt, warum dein Zimmernachbar kein Essen von ihr annimmt. Da habe ich ihr gesagt: ‚Weil er dumm ist.'"

Mourad steht am geschlossenen Fenster. „Du blickst durch", sagt er und sieht seinem Mund beim Reden zu. „Wenn das Äußere einen nicht verrät, dann kann es nur die eigene Dummheit. Also sei der, den sie sehen wollen, solange sie dich nicht kennen."

Der junge Mann hebt den Zeigefinger in die Luft, dann das Kinn. „Sage einer, du seist kein Philosoph."

„Brauchen sie in diesem Land nicht", erwidert Mourad.

„Ich bin Elektriker. Und sie brauchen Elektriker. Aber sie lassen mich trotzdem nicht arbeiten. Verstehe einer diese Idioten. Aber ich verstehe vieles nicht. Die Tochter von der aus unserer Essensausgabe zieht sich an wie eine, die's für Geld treibt. Du kannst die Nippel durch die Bluse sehen. Das ist hier angeblich normal."

Mourad lacht. Der junge Mann reibt sein Gemächt. Rauch quirlt darüber in die Höhe.

„Und der Sohn von der Essensausgabe wackelt mit seinem Arsch, da kommt selbst seine Schwester nicht mit. Er hat lackierte Fingernägel, und die Frauen sagen, seine Wimpern seien geklebt. Die Mutter kann einem doch nur leidtun. Ich sage dir, bei uns hätten sie dem schon das Fliegen beigebracht."

Mourad wird kalt. „Das hätten sie", sagt der Mund. Und die Augen schauen auf das dürre Gras zwischen den Containern. Und sie werden kalt, als spürten sie den Luftzug auf dem schnellsten Weg zu den vertrockneten Halmen.

Der junge Mann schiebt die rote Mütze aus der Stirn und sagt: „Glaub mir, Ehrlose hat dieses Land mehr als der Strand von Bābolsar Sandkörner."

Das besungene Glück

Mourad sieht ein Auge im Türspalt. Es ist traurig wie das Lied seiner Ney. Der Spalt wird weit und die Tür schiebt einen Schatten vor sich her. Mourad nimmt die Flöte vom Mund und grüßt zum Abend. Helene trägt ein Glas Tee in das Zimmer. „Ich wollte nicht stören", sagt sie. „Das letzte Mal habe ich eine solche Flöte in Salzburg gehört. Göttlich war das."

Mourad reibt über das sechsknotige Rohr mit dem Mundstück aus Messing. Er hebt es auf den gestreckten Händen in die Luft. „Es wird gesagt, es gebe den verlängerten Atem Gottes."

„Ein klagender Schöpfer", spricht Helene in das Glas.

„Das macht Sinn." Sie trinkt, und der Schluck hängt im Hals. Er schmerzt wie die letzten Worte, wie die grünen Augen, in die sie blickt. „Junger Mann, der Gram kennt die schönsten Weisen, hat meine Mutter oft gesagt. Und jede Weise verkürzt den Weg."

Mourad schaut zu Boden. „Salzburg", sagt er. „Sie haben von Salzburg gesprochen."

„Salzburg", flüstert Helene, als würde sie den Namen zum ersten Mal hören. Sie grübelt und stöhnt. In ihrem Rücken stehen die Gewehrläufe der Zinnsoldaten. „Die Festspiele", ruft sie plötzlich. „Mozart, ‚Die Entführung aus dem Serail', 1997." Sie lacht auf. Ich weiß es, denkt sie.

Mourad glaubt kaum, was er hört. Er spielt auf der Ney den höchsten Ton wie einen Tusch. Und er denkt an den Lehrer, der sagte: „Deiner Ney kannst du immer glauben. Spiele sie zum Himmel, und wenn sie höher tönt als jedes Tal in deinen Gedanken tief ist, dann ist es vollbracht."

Helene presst das Glas vor die Brust. Der Tee wogt rot und warm. Leise singt sie: „Ach, ich liebte, war so glücklich, kannte nicht der Liebe Schmerz ..." Sie stockt. „Ein Traum war das", sagt sie. „Und die Frau, die Konstanze sang, war ein Traum. So jung und so gut." Helene sucht den Namen. Sie grübelt. Sie kann den Namen nicht finden. Das besungene Glück weicht aus ihren Augen. Es ist kurz wie die Erinnerung, kürzer als der wachsende Kummer. „Sie müssen es doch wissen", ruft sie verzweifelt. „Osmin. Wer, wenn nicht Sie?"

Mourad legt die Hände übereinander auf die Brust. „Aber nein", sagt er ruhig. „Ich war noch nie in Salzburg."

Helene beißt sich kurz in den Knöchel des Zeigefingers. „Du liebe Zeit", sagt sie. „Ich bringe heute alles durcheinander." Die Trauer ist zurück. Mourad schmerzt der Kummer, schmerzt wie die Frage im Türspalt: „Haben Sie heute von Ole gehört?"

Mourad schüttelt den Kopf.

Der Schaum

Maike sieht Schnee auf der Straße. Er türmt sich zwischen Linde und Gully. Mourad trägt das Weiß in zwei Eimern aus der Tür. Die Eimer schwingen, als wären Wolken in ihnen. Wenn er sie ausschüttet, schwebt das Weiß zu Boden. Schaum, denkt Maike. Und Mourad denkt an den Schnee im Gebirge. „Eis und Schnee sind nicht gut", sagte der Schleuser mit der halben Wade. „Da brauchen die Bartgeier länger, um die Toten zu zerlegen." Die Schleuser johlten. „Am liebsten fressen sie leichtsinnige Idioten", sagte der Schleuser mit der Narbe auf der rechten Wange.

Frithjoff schaut Maike über die Schulter. Der Wind lässt den Schaum zittern. Er reißt Flocken aus dem Weiß und trägt sie ins Dorf. „Was hat der Idiot angestellt?", fragt Frithjoff. Er schiebt die Mütze in den Nacken. Die Stirn ist geteilt in ein Unten und ein Oben, ein sandiges Dunkel, ein falbes Hell. Maike wendet sich dem Vater zu und schaut ihm über die Brauen. Sie überlegt, wo hinter der Stirn das Böse steckt und wo das Gute.

„Das Schlechte lebt unten", hatte ihre Mutter gesagt. „Der Weg in die Augen und in den Mund ist kurz. Und nichts kommt deinem Vater schneller über die Lippen als ein Fluch. Aber die Entschuldigung braucht oft Tage."

Maike greift die Jacke vom Stuhl. „Wer den Schaum schippt, muss ihn nicht geschlagen haben", sagt sie.

Frithjoff hört die Tür ins Schloss fallen. Er sieht Maike in Stiefeln durch den Schaum gehen, in das Haus auf der anderen Straßenseite.

Der Schaum quillt aus der Küche in die Diele. Er riecht nach Patschuli und Mandel. Maike denkt an das Märchen vom süßen Brei. Helene denkt an ihre Wäsche. Sie schiebt die Eimer in den Schaum und hebt sie Mourad entgegen. „Ich weiß gar nicht, wie das passieren konnte", sagt sie. Der Schaum hängt ihr an den Armen und Beinen und vor dem Mund.

Das letzte Mal hatte Maike bei ihrer Mutter Schaum vor dem Mund gesehen. Er war aus Taubenbrühe und Lungenwasser. Der Arzt sprach von einem Schaumpilz, typisch bei Tod durch Ertrinken oder Erdrosseln. Er schloss beides aus. Und Helene fragte den Arzt: „Kann der Mensch am Schweigen ersticken?" Der Arzt sah sie an. Seine Augen waren leer. Helene kannte die Augen von Hans und Frithjoff und sie dachte: Warum hat der Krieg auch die Männer geholt, die überleben durften? Helene war sich sicher, der Schaum auf dem Mund der Toten war aus Schweigen. Und jedes kleine Bläschen war ein Wort, das mit ins Grab fuhr.

Frithjoff sieht die Briefträgerin auf der Straße stehen. Sie hat die Hände in die Seiten gestemmt. Maike trägt den Schaum in den Flur, Helene hebt ihn auf die Treppe und Mourad schüttet ihn zur Straße. Sie lachen und kichern. Und die Briefträgerin dreht sich mit weit aufgerissenen Augen und ausgestreckten Armen einmal um sich selbst und ruft: „Was tut ihr? Das ganze Dorf schäumt!"

Über den Kopf

Helene träumt sich Schweiß auf die Stirn. Dahinter springt Ole von einem Bein auf das andere. Er ist sieben Jahre alt. Und doch hat er graue Haare und sein Gesicht ist faltig und seine Kleider sind die eines alten Mannes. Nur die Größe hat er von einem Kind. Er hält die Hand über seinen Kopf, vor Helenes Brust. „Ich gehe dir ans Herz", sagt er mit der Stimme eines alten Mannes. Dann stellt er sich vor den Vater und überlegt und sagt: „Bald gehe ich auch dir ans Herz." Und Hans weiß nicht, was er erwidern soll. Und Ole hüpft aus dem Zimmer. Und Helene ruft noch: „Wenn du dich auf die Zehenspitzen stellst, dann wird es auch beim Vater klappen." Als Ole zurückkehrt, ist er dreizehn Jahre alt und sieht so alt aus wie zuvor mit sieben. Er hält die Hand über seinen Kopf, unter Helenes Kinn. „Ich stehe dir bis zum Hals", sagt er mit der alten Stimme. „Und würde Vater noch leben ..." Dann schweigt er und geht. Und Helene weint. Und Ole kehrt als Achtzehnjähriger zurück. Und Helene sagt: „Ich weiß, du bist mir über den Kopf gewachsen." Sie sieht, wie Ole aus dem Zimmer geht, wie er am alten Billerbeck vorbeigeht. Und sie sieht, wie Ole dem Alten ans Herz geht. Und Helene schreit. Sie schreit den Schwiegervater an: „Du betrügst. Du stehst auf dem Grab vom Hans! Du stehst deinem Sohn auf der Brust."

Schwarze Tränen

„Sie hören jeden Abend eine Oper", flüstert die Briefträgerin. „Ich habe Helene gefragt, ob ihr junger Hausgast etwas versteht. Und sie hat gesagt: ‚Er hört nicht nur mit den Ohren, er hört auch mit der Seele.'" Die Briefträgerin kichert in die geschlossene Hand hinein. „Mit der Seele."

Frithjoff kratzt mit der Stahlbürste über den Zaun, den Rost. „Ich war mal in der Oper. Wagner haben die gespielt. Die Karten waren ein Geschenk der Firma. Ich dachte, der Chef will mich für zwanzig Jahre auf den Knien strafen. Über dreieinhalb Stunden strafen, auf dem Arsch. Ich konnte nicht mehr sitzen. Und ich konnte nichts verstehen." Frithjoff redet schneller, bürstet schneller. „Dabei haben sie alles wieder und wieder gejault. Und meine bessere Hälfte hat mir das Programmheft vorgehalten. Und sie hat auf Texte getippt, die ich nicht lesen konnte. Wer nimmt seine Lesebrille mit in die Oper. Und nach dreieinhalb Stunden erfahre ich, dass wir nur den zweiten Teil gesehen haben." Der Rost fliegt, die Stahlbürste fällt durch die kleine rotbraune Wolke auf den Weg. „Wenn ich mich daran erinnere", sagt Frithjoff und erinnert sich nur an die Hälfte: Wie nackt er sich ohne seine Mütze vorkam. Wie er grübelte, ob er die Eistauben eingeschlossen hatte. Was er mit dem Geld für die Opernkarten hätte Nützliches kaufen können. An seine Frau in Helenes nachtblauer Seidenrobe erinnert er sich nicht, wie still sie nach der Aufführung war, wie sie zwei Stunden im Bad blieb, bis er eingeschlafen war. Frithjoff schlägt die Bürste gegen den Pfeiler. „Und als alles vorbei war und wir vor dem Theater standen", sagt Frithjoff, „da ging einer mit seiner Madame an uns vorbei und sagt: ‚Diese Teutonenleier. Nie wieder.'"

Die Briefträgerin lacht, lacht vom Kajal schwarze Tränen. Sie krümmt sich und die Tränen hängen an den Wangen. Und die Worte hängen im Hals, weil die Briefträgerin den Atem nicht findet. „Ich", ächzt sie, „ich war mal in der ‚Zauberflöte'. Sah aus wie der Schrottplatz hinter der Gießerei. Und die Sänger sahen aus, als würden sie auf dem Schrottplatz arbeiten. Jeans hatten die an und Shirts und Turnschuhe wie aus dem Kleidercontainer neben der Gießerei. Drei Reihen vor mir stand eine Frau in einem glitzernden Abendkleid auf. Erst dachte ich, die gehört zum Stück. Heutzutage weiß man ja nie. Aber die zwängte sich nur zum Ausgang und warf die Tür hinter sich zu. Sie kam nicht zurück und ich dachte, hoffentlich ist das nicht die Königin der Nacht gewesen. Meine Kollegen hatten gesagt, das Beste sei die Königin der Nacht."

Frithjoff betrachtet die Blase an seiner Hand. Er denkt an die Nadel, die er später in sie stechen wird. „Das ist kein Vergnügen für unsereins, Irma. Da höre ich mir lieber meine Tauben beim Gurren an."

Gold wert

Mourad sieht auf das Briefpapier. Es macht ihn traurig wie der Blick aus dem Fenster. Das Gras vor den Containern ist zertreten und braun.

„Und?", fragt der junge Mann mit der roten Mütze.

Mourad legt das Blatt auf den Tisch. Er setzt sich auf die harte Matratze. „Das Amt hat Zeit", sagt er. „Und wir haben Zeit, denkt man im Amt. Ich habe gehört, wie eine Angestellte zu einem Kollegen in der Kaffeeküche sagte: ‚Acht Stunden, dann ist die Qual wieder überstanden.' Und ich habe gedacht: Vierundzwanzig Stunden Qual, dann beginnen die nächsten vierundzwanzig Stunden Qual."

Der junge Mann zieht die rote Mütze vom Kopf. Seine Haare knistern. Er fingert einen Joint aus dem Aufschlag der Hose. „Du bist ein Philosoph. Du denkst zu viel", sagt er. „Uns geht es doch gut."

Mourad hört nicht. Er denkt an die Angst, und er spürt sie vom Kopf in den Magen ziehen. „Die Angst", sagt er, „wenn ich daran denke, was geschieht, wenn mich das Amt zurückschickt."

„Denk lieber an deinen Zimmernachbarn", sagt der junge Mann. Er pafft und tippt mit dem kleinen Finger gegen die Betonwand hinter Mourad, unter das linke Auge. „Er sucht dich. Eigentlich sucht er das letzte fehlende Tigerauge seiner Misbaha. Jedes Kind in der Baracke sucht es. Eine Mutter hat einer anderen erzählt, es sei magisch. Es könne sich schließen wie ein Auge. Es geschehe nur einmal in hundert Jahren. Wer das Auge finde, habe einen Wunsch frei. Seitdem suchen die Kinder überall, selbst in den dünnsten Ritzen zwischen Wand und Boden, in Ausflüssen, überall. Wenn die Lust am Suchen nachlässt, erzählen die Weiber ihren Kindern, jemand habe ein winziges Leuchten gesehen, kurz wie ein Augenaufschlag. Mal wollen sie es auf der Treppe gesehen haben, mal in der Waschküche oder an den Mülltonnen. Die Weiber sagen sich, das Tigerauge sei Gold wert, und denken an die Zeit und Ruhe, die sie gewinnen."

Mourad spürt die kalte Wand im Rücken. „So klug sind sie", sagt er. „Und so dumm."

Der junge Mann spürt den Rausch. Seine Zunge ist schwer. „Dein Zimmernachbar hat für das neunundneunzigste Tigerauge eine Nuss aufgefädelt", sagt er. „Die Weiber haben ihm prophezeit, die Nuss entweihe die Misbaha. Er hat gelacht und sie dumme Hühner genannt.

Am nächsten Tag kam ein Schreiben vom Amt. Da hat er nicht mehr gelacht."

„So dumm ist er", sagt Mourad.

Im Blut

Frithjoff hebt eine gefüllte weiße Tüte in die Luft. „Frische Tauben", sagt er. Die Briefträgerin hat die Tüte schon von Weitem gesehen. Sie hat gestöhnt und überlegt, ob sie die Tüte auf dem Rückweg in den Mülleimer am Park wirft oder den Russlanddeutschen aus ihrem Block schenkt.

Die Briefträgerin liebt den schweren Klaren der Russen. Und die Russen lieben die Tauben. „Die kochen alles, selbst Bisamratten", sagte die Nachbarin der Briefträgerin. „Die Babuschka knackt die Knochen und zuzelt das Mark aus ihnen. Sie hat dabei ganz verklärte Augen. So verklärt sind sie sonst nur, wenn sie von der Wolga singt. Und über Mütterchen hängt Stalin in einem goldenen Rahmen. Manchmal schaut die Babuschka mit ihm nach rechts zum Fenster, in den Himmel. Und beide lächeln sanft. Ich glaube, die Babuschka fürchtet Gevatter Tod dann etwas weniger. ‚Unser Josef Wissarionowitsch', hat sie mal gesagt, ‚der hätte hier aufgeräumt.' Sie meinte die neuen Flüchtlinge. Die Kinder der Babuschka sagen, sie hätten wenigstens deutsches Blut in den Adern. Und ich denke immer, ob ihr Blut ihr schlechtes Deutsch erklärt?"

Frithjoff hält der Briefträgerin die offene Tüte vor die Brust. „Ganz frisch", sagt er. „Riech, Irma." Die Briefträgerin riecht und riecht nichts. Und doch denkt sie, würgen zu müssen.

Sie wird die Tauben der Babuschka geben und wieder behaupten, sie seien von ihrem Bruder, weil die Russlanddeutschen Familie lieben. Und die Babuschka wird eine große Flasche Klaren für den Bruder geben und auf Russisch sagen, was nett klingt, denn die Alte wird dabei lächeln und den Kopf schief halten und die Hände der Briefträgerin tätscheln. Und die Briefträgerin wird zurücklächeln, weil sie den Satz nicht versteht, den die Babuschka so liebt: „Ein Gruß an den Bruder in deiner Leber."

„Frithjoff", sagt die Briefträgerin, „du bist ein Schatz."

„Dir gebe ich doch gern", sagt Frithjoff und sagt nicht, was er denkt: Maike kann sie ja nicht mehr riechen.

Schande und Glück

Ole sitzt neben Mourad. Ihre Arme sind verschränkt. Ihre Füße stehen im Klee. „Wie kommt ihr zurecht?", fragt Ole.

Mourad riecht feuchte Erde und Gras. Den Weißklee riecht er nicht. „Sie tut mir leid", sagt er. „Ich spiele jeden Tag Theater, um zu Wege zu bringen, was deine Aufgabe ist."

Mourad denkt an den Abend zuvor. Er war unruhig und presste sich die Finger rot. Er ging ins Wohnzimmer und sagte: „Das Badewasser ist eingelassen." Helene drehte den Smaragdring um den Finger. Sie sah um sich, als suchte sie ihren Standpunkt. „Heute war doch die Fußpflegerin im Haus", sagte Mourad. Helene konnte sich erinnern. Und das Erinnern machte sie froh. „Richtig", erwiderte sie.

„Da war die Rede von einem schönen Bad", sagte Mourad. Es war die Rede der Fußpflegerin gewesen: „Wenn Sie das Fußbad genießen, Frau Billerbeck, dann werden Sie das Vollbad lieben." Die Fußpflegerin hatte ein Beutelchen mit Kristallen aus der Tasche gezogen. „Das streuen Sie ins Wasser", sagte sie zu Helene und blickte dabei zu Mourad. Die Fußpflegerin erzählte von Meersalz und Heublumen und sie hielt die glitzernden Kristalle wie Edelsteine in die Luft. „Sie werden sich wie neugeboren fühlen, Frau Billerbeck." Helene lächelte gütig. Mourad ging mit der Fußpflegerin zur Tür. „Was Sie wollen, müssen Sie den Alten in den Mund legen", sagte sie. Mourad dankte. Der Satz klang ihm falsch und richtig zugleich. Er dachte: Es ist wohl der Klang der Stimme, der ihn so hässlich macht. Helene erinnerte sich bei Mourads Rückkehr an die Kristalle. „Die Fußpflegerin hat geredet, als brächte sie uns Diamanten ins Haus", sagte sie. „Aber die nimmt mehr, als sie gibt, glauben Sie mir." Helene klatschte in die Hände und ging baden.

Ole schiebt den Fuß vor und zurück. Die Sohle zerreißt den Klee. „Du bist ein Glück, sagt Mutter."

„Ich lege deiner Mutter frische Kleider in den Mund, Spaziergänge und Tabletten", sagt Mourad. „Mehr ist es nicht."

Ole starrt von der Seite. Er sieht, wie Mourad die Lippen in den Mund zieht.

„Manchmal lacht deine Mutter und behauptet, sich an Worte zu erinnern, die sie nie gesagt hat. Manchmal geht sie und weint und denkt, ich höre sie nicht. Manchmal sagt sie, sich nicht erinnern zu können. Dann fragt sie mich, was mit ihr geschehe. Und ich lüge für dich und sage, alles sei normal, altersbedingt, und dass auch ich vergesslich sei."

Ole greift Mourads Hand. „Du bist ein Glück für sie", flüstert er.

„Das sollte sie von dir sagen, Ole."

„Würde deine Mutter dich ein Glück nennen?"

„‚Schande und Glück leben nicht unter einem Dach', sagt meine Mutter."

Der Vogel

Mourad zählt Augen. Bei fünf setzt er die Rosenschere an und der Zweig fällt über seine Hand. Helene steht auf der Treppe. Ihre Hände flattern unter der Sonne. Dann ruft sie: „Osmin!" Und ihre Hände fächeln noch hektischer, bis sie die Frage findet: „Wissen Sie denn, wo Sie schneiden müssen?" Mourad lacht über den Namen, der nicht seiner ist, der seiner wird. Er hält drei und fünf Finger in die Luft. Helene presst die Hände übereinander auf die Brust. Mourad kennt die Geste wie den Satz, der zur Gebärde gehört. Der Satz lobt das Herz. Doch Helene schweigt und starrt. Sie zeigt auf die Hecke. „Ein Zaunkönig", flüstert sie.

Mourad rührt sich nicht. „Ein schöner Name", sagt er leise. Wir hatten einmal solch einen Vogel in Isfahan. Einer der Parkwächter hatte den verstörten Winzling gefangen und in einen großen Käfig gesetzt. Niemand kannte den kleinen Vogel. Der uralte Gärtner kam mit einem Buch, das noch älter war als er selbst. Nach Minuten verkündete er, es sei ein Zaunkönig. Der Alte las vom Kaspischen Meer und der Provinz Golestān im Norden. Der Eisverkäufer sagte, der Vogel sei wahrscheinlich mit einem Zug in den Süden geraten. Der Polizist lachte und murmelte, viele seltsame Vögel würden sich so verbreiten. Andere meinten, das Tierchen sei einem Vogelhändler entflogen. Die Trauerfrau war sich sicher, der Winzling sei krank und habe sich in die Fremde verirrt. Der alte Gärtner blätterte und las aus dem Buch vom Gesang des Zaunkönigs. Aber der kleine Vogel schwieg."

Die Briefträgerin steht hinter der Forsythie im Nebengarten. Ihre Jacke macht den Strauch gelber, als er ist. Ihr Ohr schiebt sich zu den Zweigen, als suche es eine Wand.

„Was ist passiert?", fragt Helene leise.

„Die Männer sagten zueinander: ‚Der Zaunkönig hat sein Lied verloren. In der Fremde ist er zu sehr erfüllt vom Schmerz.' Die Frauen wurden traurig und flüsterten: ‚Wer sein Lied verliert, verliert die Liebe.' Die Frauen baten den Gebetsschreiber, einen Vers aus dem Koran aufzusetzen. Sie warfen das Papier in einen Krug mit Wasser und füllten die kleine Tränke im Käfig damit auf. Doch der Zaunkönig fand das Lied nicht. Und die Frauen beruhigten sich, weil der uralte Gärtner gesagt hatte, ein Zaunkönig werde sieben Jahre alt. Es kamen immer mehr Menschen, um den gefiederten Fremden zu sehen. Die Kinder warfen Krumen in den Käfig, Pistazien und Maulbeeren. Und wenn die Erwachsenen nicht schauten, schoben sie Zweige durch die Gitter. Doch der Vogel rührte sich nicht, selbst als die Frauen den Käfig öffneten, blieb er in seiner Ecke sitzen. Nach sieben Tagen lag der Zaunkönig tot im Käfig. Die Männer sagten, der Schmerz sei zu groß gewesen."

Helene ist bleich. Sie sieht den Zaunkönig aus den Zweigen fliegen, sieht, wie sich die Forsythie hinter der Hecke teilt, wie ein Teil hinter der Linde verschwindet und als Briefträgerin auf die Straße tritt. Und sie sieht

Mourad auf der Erde knien. Wie traurig, denkt Helene und sagt: „Aber hier ist er zu Hause."

Und die Briefträgerin denkt: Wunderschön. Und sie sagt über den Zaun: „Guten Tag." Sie hat ein rotes Ohr und ein sanftes Gesicht. „Ich komme mit leeren Händen", sagt sie zu Helene. Als müsste sie sich entschuldigen. Dann wendet sie sich Mourad zu: „Aber manch Brief ist ohnehin nicht mehr wert als seine Marke, sagen wir Postler."

Krumm vom Leben und traurig vom Tod

Frithjoff lugt durch die Gardine. Er fasst die Hände auf dem Rücken. „Auf Posten?", fragt Maike. Sie sieht dem Vater über die Schulter und begreift, was er nicht versteht. Die Briefträgerin schwingt die Arme und Helene lacht mit Mourad.

Weiber, denkt Frithjoff. „Noch gackern sie herum, aber ich kann jetzt schon ihr Geheule hören", sagt er.

Maike seufzt. „Du sprichst wie eine alte Frau. Eine hinter einer Gardine", sagt sie und denkt an die Großmutter. Sie hatte gestanden, wo nun ihr Sohn steht. Sie war krumm vom Leben und traurig vom Tod. „Mich hätte er holen sollen", hatte sie gesagt und durch die Gardine auf den Sarg von Hans Billerbeck geschaut. Der Sarg wackelte auf einem metallenen Gestell über das Katzenkopfpflaster. Die Lilien zitterten auf dem Sargdeckel. Die Großmutter sah den alten Billerbeck. Sein Gesicht war hart und trocken. Den will der da oben auch nicht, hatte die Großmutter gedacht. „Was werden die Leute sagen, wenn du nicht auf den Friedhof gehst", hatte Frithjoff am Tag vor der Beerdigung gesagt. „Lass die Mutter", bat seine Frau. Und die Alte erwiderte dem Sohn: „Wer mit dem Teufel trinkt, kann auch seine Opfer verscharren." Frithjoff war kalt geworden. Er spürte den Tod. Seine Frau schluchzte, ohne zu wissen, dass sie dem Tod nah war. „Was weißt du schon", hatte Frithjoff gesagt. Seine Mutter schlug ein Kreuz. Sie schüttelte den Kopf und strafte den Sohn mit ihrem Schweigen.

Maike schaukelt von den Ballen auf die Fersen und zurück. Ihre neuen Schuhe knarren. „Der Hans", sagt sie. Frithjoff dreht sich um und starrt und Maike denkt, dass sie in ihre eigenen Augen schaut. Dann sagt sie: „Die Großmutter hat erzählt, der Hans habe sich gegen den Baum gefahren." Frithjoff wendet sich ab. „Die Ärzte in der Stadt sagten, er hatte einen Herzinfarkt. Und der alte Billerbeck sagte, den habe er in der letzten Sekunde gehabt, aus Angst vor dem, was er getan hatte." Frithjoff schaut durch die Gardine. Die Briefträgerin ist allein. Sie rollt den gelben Wagen aus dem Bild. Frithjoff hört die Worte des alten Billerbeck, als wäre es gestern gewesen: „Der Hans war immer ein feiger Hund!"

„Was denkst du?", fragt Maike.

„Die Helene hat mir einmal erzählt, der Hans hätte sich einfacher ins Jenseits schaffen können. Er wusste wohl, wo der alte Billerbeck Zyankali-Kapseln für den Notfall versteckt hatte. Aber die Engländer waren schneller als die Russen und da schluckte der große Krieger Billerbeck lieber das, was er für Stolz hielt."

Das Lineal

Der Beamte liest Mourads Namen, Geburtsdatum, Geburtsort. Er hält die Akte zwischen den Daumen und

Zeigefingern an der Schreibtischkante. „Und Sie sind?", fragt er. „Ole Billerbeck." Der Beamte starrt kurz über die Brille.

Ole sitzt steif. Er sitzt für Mourad auf dem Stuhl, für Helene. Ole weiß nicht, wer schwerer wiegt. Er weiß, dass er den Beamten nicht ansehen kann. Der Mann hat Augen wie Großvater Billerbeck. Sie sind grau und hart. Ole ist heiß, heißer als am Abend zuvor: „Ich habe noch niemandem von mir erzählt", sagte er. „Noch nie. Nur du weißt es." Mourad sah aus dem Fenster. Er sah Helene im Garten gehen. Sie streckte die Arme aus. Die Ärmel wehten im Wind. „Deine Gedanken sind aus Scham", erwiderte Mourad. „Den Luxus kann ich mir nicht leisten. Meine Gedanken sind aus Sterben. Die Scham hat da wenig Platz."

„Wo haben Sie sich kennengelernt?", fragt der Beamte. Er spricht zwischen die Köpfe. Er sieht die Bürotür und er weiß, sie wird an diesem Tag noch dreimal geöffnet und fünfmal geschlossen, es sei denn, ein Kollege schiebt den Kopf ins Zimmer. Oder eine der drei Akten auf dem Beistelltisch hat sich erledigt. So viel Glück habe ich nicht, denkt der Beamte. „Niemand taucht bei mir unter, niemand entschärft sich selbst", sagte er einem Kollegen vor Tagen.

„Im Park", antwortet Mourad. Der Beamte hat vom Park gehört. Die halbe Stadt hat vom Park gelesen. „Staatssekretär stolpert über jungen Flüchtling", lautete die Überschrift. Der Beamte lehnt sich vor. Die Akte verschiebt das Lineal, das Lineal den Tacker. „Haben Sie dort gearbeitet?", fragt er. Mourad wird bleich. Ole wird rot. „Nein", sagt Mourad. „Als dürfte ich hier arbeiten."

Den letzten Satz überhört der Beamte. Er sieht das

Lineal. Die Spitze berührt den Tacker. Der Beamte stöhnt, als spürte er die Spitze im Kopf wie den Satz seiner Frau, als er eines Nachts kam und sie ging. „Schlag dich selbst", fluchte sie und warf das Lineal ins Bett.

„Sind Sie ein Paar?", fragt der Beamte. „Und wenn ja, wie lange?" Er richtet den Tacker aus, das Lineal. „Seit sechs Monaten", sagt Mourad. Er wartet auf den Zeigefinger des Beamten, wie die Kuppe den Abstand zwischen Lineal und Tacker schafft, wartet auf die nächste Frage, obgleich er weiß, was er fürchtet: Der Beamte stellt keine Frage, die zu einer dienlichen Antwort führt.

„Haben Sie Beweise?", fragt der Beamte. Die Kuppe senkt sich langsam, wie beiläufig, als fühlte der Mann die Marter nicht mehr. „Sie wissen schon", sagt er und weiß, die Marter ist nicht mehr seine, ist eine andere, auf der anderen Seite des Tisches.

Ole kann nicht denken. Das Ticken der Uhr ist in seinem Kopf wie die harte Lehne in seinem Rücken und die Krämpfe in den Waden. Und alle kämpfen mit der Scham.

Mourad zieht das Handy aus der Brusttasche. Er wischt und tippt und hält das Telefon über den Tisch. „Unsere erste SMS", sagt er.

„Fotos?", fragt der Beamte. Mourad hält das Handy über den Tisch. Der Beamte schaut und schweigt.

Dünne Haut

Helene schneidet dünne Schlangen von den Kartoffeln. „Wann bekommen Sie die Papiere?", fragt sie, um nicht fragen zu müssen: „Wann werden Sie mich verlassen?"

„Das Amt hat Zeit", antwortet Mourad.

„Die Kartoffeln sind wie im Krieg", stöhnt Helene. Sie denkt an die Mutter. „Nimm dir Zeit, Lenchen", hatte diese gesagt. „Die Schalen müssen dünner sein als deine Haut." Und die Großmutter lachte und flüsterte: „Das Kind hat die dickste Haut in unserer Familie. Am Ende kochen wir Kartoffeln so klein wie Erbsen." Helenes Mutter wurde traurig. Sie sah auf das alte Messer und sagte: „Die Kriege haben den Kindern dicke Häute gemacht." Helene weiß es, als wäre es erst gestern gewesen. Und doch kann sie sich nicht an gestern erinnern.

„Was starren die zwei so?", fragte Helene am Vortag. „Als wären wir nackt." Mourad schob den Einkaufswagen mit den Kartoffeln. „Sie schauen meinetwegen", sagte er. „Aber man gewöhnt sich dran." Helene ging auf die Frauen zu. „Frau Billerbeck", flüsterte Mourad. Seine Stimme brach weg. Sein Arm streckte sich hinter Helene aus, seine offene Hand griff in die Luft.

„Warum starren Sie?", fragte Helene. Die Frauen gaben sich ahnungslos. „Schauen Sie Ihre Tochter an", sagte Helene zu der älteren Frau. „Sie trägt ein Kreuz und hat weniger am Leib als ich in meinen besten Jahren im Bett." Die Mutter wurde rot. Der Tochter blieb der Mund offen. Helene wandte sich ab und ging zu Mourad. „Sieht aus wie eine Nutte", schnarrte sie. „Und uns anstarren."

Mourad hackt Pimpinelle. „Die Frau gestern, die mit dem Kreuz", sagt er.

Helene schneidet der Kartoffel ein Auge aus. „Für die gibt es ein Wort", sagt Helene. Das Auge fällt zwischen die Schlangen. „Aber man nimmt es besser nicht in den Mund. Das Wort ist zu ordinär."

„Darf ich Sie etwas fragen, Frau Billerbeck?" Mourad

wartet nicht auf Antwort. Er hackt und fragt: „Sind Sie gläubig?"

Helene hebt den Kopf. „Ich bin es nicht." Sie greift in die Schlangen und wirft sie in den Eimer neben ihren Füßen. „Wissen Sie, Osmin, ich war noch recht jung, da dachte ich: Das Kreuz sieht doch aus wie die stumpfen Schwerter, mit denen wir im Hof Krieg spielen. Als ich älter wurde, dachte ich: Das Schwert hängt an der Wand wie eine stumpfe Drohung. Und als ich erwachsen war, erfuhr ich es am eigenen Leibe. Ich hatte als Mädchen in der Kirche gesungen. Da nannten sie mich einen Engel. Nach meiner Hochschulausbildung sang ich im Theater, da nannten dieselben Leute mich eine Schlampe. Da half selbst Schuberts ‚Ave Maria' zur Weihnachtszeit nicht." Helene lächelt und singt: „Wir schlafen sicher bis zum Morgen,/Ob Menschen noch so grausam sind."

Helene sieht die zerfetzte Pimpinelle. Das Grün erinnert sie an die Augen, in die sie nicht schaut.

„Die Augen machen mich traurig", sagte sie der Briefträgerin. „Sie haben kleine gelbbraune Tupfen, als würden sie zu verdorren beginnen. Wie das Laub von Kastanien im frühen Herbst."

Helene leckt ihren rechten Zeigefinger. Sie tippt ihn auf einen Fetzen der Pimpinelle und lutscht ihn ab. „Was ist mit Ihnen, Osmin, sind Sie gläubig?"

Mourad legt das Messer aus der Hand. „Nein", sagt er. „Die Religionen sind menschengemacht. Wie könnte ich an sie glauben?"

Helene dreht das herausgeschnittene Auge zwischen Daumen und Zeigefinger. „Ole sollte mehr Zeit mit Ihnen verbringen", flüstert sie.

Mourad hebt eine Kartoffelschale in die Luft. „Wie

Papier", sagt er. „Meine Großmutter würde es kaum glauben", erwidert Helene und denkt: Wie das Alter. Es macht die Haut dünn.

Stirnholz

Mourad ist allein im Zimmer. Er geht vor den Zinnsoldaten auf und ab. Er geht in ihren Rücken, seit er ihre Gewehre auf die Regalrückwand aus Stirnholz gerichtet hat.

Mourad sieht zur Weltkarte. Sein Geburtsland ist blassblau wie Lein. Das Land, in dem er wartet, hat eine Linie wie ein Riss. Links vom Riss hat es die Farbe von Morgenröthen*, rechts im Osten die von Waschwurzblüten. Ole sagte: „Die Karte ist nicht nur auf dem Papier falsch. In vielen Köpfen sieht es noch immer aus, wie du es hier siehst."

Mourad streckt den Arm aus. Er kann das Land nicht fassen, in dem er steht. An manchen Tagen kann er die Halbnackten in den Straßen nicht fassen, die Nackten in den Umkleideräumen der Bäder, die zum Himmel gestreckten Daumen* der Verkäuferin am Fleischstand. Den Nachbarn mit den Eistauben kann er nicht fassen.

„Ich sage zu ihm: ‚Guten Tag'", erzählte er vor Tagen Ole. „Ich bin sehr freundlich dabei. Und euer Nachbar klammert sich mit beiden Händen an seinen Besen und sagt nichts. Er bewegt den Kopf ein paar Millimeter zum Kinn. Als hätte er Schmerzen im Nacken. Und dann bückt er sich nach einem Halm auf der Straße. Er schaut lieber auf den Halm als mir ins Gesicht. Er trägt den Halm zum Eimer, um mir den Rücken zeigen zu können. Weißt du, wenn er klug wäre, würde er das ‚Guten Tag‘ wiederholen und denken: ‚Da hast du es zurück.‘" Ole schwieg. Mourad erschrak. Er dachte an die Worte seines Vaters: „So macht man das. So grüßt man einen Hund."

Ole sagte: „Frithjoff ist stur. Alle aus dem Norden sind stur. Du musst Geduld haben." Und Mourad dachte: Du musst es wissen. Er sagte: „Ich grüße ihn weiter. Entweder der Nachbar gibt auf oder er ärgert sich über mich und dann über sein Ärgern."

Mourad schaut auf die Farbe der Morgenröthe im zerrissenen Land, auf das Blassblau vom Lein. Mourad legt seine Hände auf die Karte, zwischen die Farben. So weit ist es vom Herz zum Kopf, denkt er.

Die Engelmacherin

Mourad steht auf dem Katzenkopfpflaster. Sein Gesicht ist rot und feucht, sein Atem kurz. „Frau Billerbeck", keucht er, „Frau Billerbeck ist fort."

Frithjoff stützt sich auf seine Schippe. Sein Kopf neigt sich zur Kirche. „Sie ist sicher auf dem Friedhof", sagt er und wendet sich ab. Mourad schmerzt der Satz wie eine Lüge, wie der Rücken, den ihm Frithjoff zeigt. „Auf dem Friedhof sind zwei Ringeltauben und der Wind", sagt Mourad. „Und in der Kirche nagt eine Maus am Strohstern, guter Mann. Sie stülpen mir doch einen Hut über den Kopf."

Frithjoff schaut über die Schulter. „Was für einen Hut", sagt er.

„Ich meine, Sie führen mich doch hinters Licht. Und helfen, helfen wollen Sie mir schon gar nicht", flucht

Mourad. Seine Augen sind groß, die Angst um Helene ist es und die Wut auf den Mann, der die Schippe vor sich hält wie ein Ministrant die Kerze am Kreuz. „Aber um mich geht es nicht. Es geht allein um Frau Billerbeck", wettert Mourad und schwingt die Hand in die Luft, als wollte er sie wegwerfen.

„Einen Moment", ruft Frithjoff barsch und schleudert die Schaufel hinter den Zaun. „Ich weiß, wo sie steckt. Warte hier." Frithjoff geht Richtung Kirche. Auf halbem Weg zum Gotteshaus biegt er plötzlich ab, geht durch das Drahttor neben der Kate. Vor der kleinen Haustür lüftet er die Mütze am Schirm, als wollte er die Tote grüßen, als hätte er vergessen, dass er Tage zuvor ein Gebinde aus giftiger Thuja auf ihren Sarg gelegt hat. Frithjoff stapft in den Garten. Auf einem Findling sitzt Helene. Ihre Füße hängen nackt über jungen Nesseln. Ihr Kinn ruht auf der Brust.

„Lene", sagt Frithjoff. Er beugt sich vor und stützt sich auf den Oberschenkeln ab. Er hält den Kopf schief wie seine Tauben und sucht Helenes Blick.

Helene rührt sich nicht. „Die Engelmacherin ist fort", sagt sie zur Brust.

„Wir haben sie doch begraben", erwidert Frithjoff.

„Das ist gut", flüstert Helene. „Sie war übel."

Frithjoff zieht seine Jacke aus und legt sie Helene über die Beine. Die Ärmel fallen in die Nesseln.

Helene wickelt die weiße Kordel vom Kleid um die Finger. Die Kordel schnürt sich in die Haut. „Die Engelmacherin hat den Hans auf dem Gewissen", flüstert Helene. Der Satz ist älter als Hans' Tod. Die Dörfler hatten ihn zum Friedhof getragen. Die einen lugten über die Schultern zum Haus der Engelmacherin. Die anderen schauten zur entgegengesetzten Seite, wo der Hafer wuchs. Nur der alte Billerbeck sah geradeaus. So war er in den Krieg gezogen, so war er mit der von ihm Geschwängerten zur Engelmacherin gegangen und am Ende vor den Altar. Denn die Stricknadeln der Engelmacherin hatten nur Blut und Fruchtwasser laufen lassen. Aber das Kind, das später Hans heißen und wunderlich werden sollte, hatte im Leib festgesteckt, weil die Knochen der Mutter ihn nicht freigaben. Und es lebte, weil sich eine zweite Fruchtblase bildete. Und weil die Mutter um ihr Leben schrie.

„Hans hatte ein Loch von der Engelmacherin im Kopf", sagt Helene und rutscht vom Stein. Ihre nackten Füße stehen in den Nesseln, ohne dass sie diese spürt. Der Schmerz ist allein im Kopf. „Das Loch war so klein, dass es nicht zu sehen war. Und das Leid war so groß, welches es über den Hans gebracht hat." Helene weint ohne Ton. „Und ich habe geglaubt, ihm helfen zu können", wispert sie.

Frithjoff legt Helene die Jacke über die Schultern. „Das hast du", sagt er. „Ich bringe dich heim. Hier holst du dir den Tod."

Ein großes Tier

Die Briefträgerin hat kleine rote Augen. „Daran sind sicher die Birkenpollen schuld", sagt Mourad. „Die fliegen, als wären sie im Krieg." Die Briefträgerin lacht, als wüsste sie um den Gruß der Babuschka an den Bruder in ihrer Leber. „Wissen Sie, Mourad, Sie sprechen ein besseres Deutsch als wir", sagt die Briefträgerin und ihre kleinen Augen werden schmal.

„Ich dachte, meine Geschichte ist bekannt", sagt Mourad. Aber Helene hat sie vergessen und Ole spricht mit niemandem. Und die Briefträgerin hört sich Geschichten auch zweimal an, wenn der Rausch groß ist und der Weg zurück kurz. Sie dreht die Hand in der Luft wie eine Kurbel und Mourad erzählt zum dritten Mal von Wien, und die Briefträgerin sagt: „Erzählen Sie lieber vom schönen Kindermädchen."

Mourad deutet einen Diener an. „Die Frauen nannten mein Kindermädchen heimlich Sudābeh. Im Buch der Könige ist Sudābeh die Ehefrau von Schah Kai Kawus und die Stiefmutter von Siyâwasch, in den sie sich verliebte. Als er ihre Gefühle nicht erwiderte, zerriss sie sich ihre Kleider und zerkratze sich das Gesicht und erzählte, er habe versucht, sich an ihr zu vergehen. Als Beweis für seine Unschuld ritt Siyâwasch durch ein riesiges Feuer und blieb unverletzt. Sudābeh sollte hingerichtet werden, aber der Stiefsohn bat um Gnade und rettete sie. Als meine Mutter vom Gerede der Frauen in unserer Nachbarschaft hörte, sie habe Sudābeh im Haus, fluchte sie: ‚Diese Nattern. Ich bin nicht tot und Mourad ist kein Stiefkind.' Mein Vater erfuhr davon. Er machte meiner Mutter noch eine Tochter und falschen Stolz, mir eine Schwester, meinem Kindermädchen Amara ein schweres Herz und sich selbst erhaben. Die Nattern verstummten, wie er es erwartet hatte. Amaras Groll wurde klein, wie er es erhofft hatte. Und sie erzählte meinem Vater wieder, was er hören wollte: ‚Mourad ist der Auserkorene!' Dabei dachte sie wohl, ich wäre ihr Pfand – was ich auch wirklich war. Sie sagte: ‚Der Junge spricht Deutsch wie ein Deutscher. Sein Englisch ist gut. Er liest die Philosophen, als wäre er schon an der Universität.' Mein Vater ballte die Fäuste in der Luft und sagte: ‚Er wird ein großes Tier.' Ich war auch sein Pfand."

Die Briefträgerin lehnt am Zaun und hustet. Im Flachmann über ihrer linken Brust schwappt Klarer wie etwas Gefangenes hinter Glas. „Sie sind Ihr eigenes Pfand, Mourad." Die Briefträgerin schaut mit den kleinen roten Augen in den Himmel. „Ihnen steht die Welt offen", sagt sie und klammert sich an den gelben Wagen. „Sie werden die Feuerproben meistern."

Mourad senkt den Kopf. Er denkt an den Vater und Amara. Er hat sie zum kleinen Tier gemacht, denkt er.

Wo

Mourad sieht aus dem Zugfenster. Das Land in der Ferne scheint sich zu schieben. Und ein Vogel steht am Himmel, als träfe kein Flügelschlag jemals die Luft.

„Das Gras ist so satt und grün", sagt Helene. „Und die Obstbäume sind so unwirklich weiß. Wie gewaschen, hätte meine Mutter gesagt." Sie reibt den Smaragd an ihrem Finger. „Aber damals war das Grün um diese Zeit heller. Es war ganz zart damals."

Mourad ahnt, wovon Helene spricht. Er denkt an das Grün auf der Karte über dem Bett, vom Land links neben der alten Heimat, vom Land, in dem ihm der Pass gestohlen wurde, weil der nicht in die Strümpfe gepasst hatte wie das Geld und die Papiere.

„Wo haben Sie Ole kennengelernt?", fragt Helene plötzlich.

Der Zug rast. Mourad sieht den Vogel am Himmel rückwärts schweben. Im Grünen, denkt Mourad und sagt:

„Wir sind uns in der Stadt über den Weg gelaufen." Er will nicht vom Park reden, von der Senke, wo die Rhododendren mannshoch stehen und die Eiben und wo nachts Taschentücher aus Papier wie Schnee den Boden bedecken und tags Gärtner über den Dreck und die zweibeinigen Schweine fluchen. Der Park gehört in die Akte, denkt Mourad, und wie er dem Beamten vom Koran und dem Volk des Lot erzählte, von Sodom und Gomorra, vom Halsgericht und den Todesstrafen in der Heimat.

Helene sieht sich im Fenster an. Sie sieht ihr Zweifeln auf dem Deich und vergisst es, weil sie sich an die Schafe mit den schwarzen Köpfen und Beinen erinnern kann, an den Leuchtturm und weil Mourad ihr die Jacke reicht. „Wir müssen gleich aussteigen, Frau Billerbeck."

An der Kurpromenade schaut Helene um sich. Sie hält das Gesicht mit beiden Händen. „Es muss hier gewesen sein", sagt sie. „Wir sind doch all die Jahre hier gewesen, erst allein und dann mit unserem Ole."

Wo die Promenade endet, wogt das Meer. Es ist türkis und glitzert, als würde die Weltkarte in Mourads Kopf lügen.

„Wir waren immer im Strandhaus Kaiser", sagt Helene.

„Das Kaiser ist abgerissen", antwortet eine alte Frau im Vorbeigehen und zeigt mit dem Krückstock hinter sich. „Wo die große Baulücke klafft."

Helene steht vor dem Tritt. Vier Basaltstufen führen in die Luft. „Ole sprang jede Stufe auf einem Bein hinauf, und wenn wir gingen, sprang er sie wieder auf einem Bein hinunter. Jeden Tag machte er das. Gut, dass er heute keine Zeit hatte. Sonst müsste er dieses Elend hier mit ansehen." Helene zeigt in die Grube, auf die dürren Birken im Morast. „Eine Schande ist das. Das Kaiser war eine Institution, solange ich denken kann. Gehen wir besser, ich mag das nicht sehen", sagt sie und greift Mourads Hand. Nach wenigen Metern bleibt sie plötzlich stehen. „Schau an", ruft sie. „Unser altes Café. Das Morgenstern. Und es sieht aus wie damals. Ist das nicht schön? Ole wollte immer ein Schweineohr. Und du hast immer die Mignontorte gegessen. Weißt du noch?"

Mourad schweigt. Die Worte lassen ihn frieren wie seine Hand in der Helenes. Und das Starren und Flüstern der Leute lässt ihn schwitzen. Und er weiß nicht, was größer ist – das Mitleid mit Helene, die gerade kein Leid spürt, oder die Freude an ihrer Freude. Bedächtig legt er seinen Arm um Helene, fasst ihren Oberarm und sagt: „Es ist wunderschön hier."

Durcheinander

„Helene fragt mich fast jeden Tag nach Post", flüstert die Briefträgerin. Dabei wispert sie wie Helene und macht sich ebenso klein. Und Frithjoff schaut sich um wie Helene und fragt: „Worauf wartet sie denn?" Die Briefträgerin zieht Frithjoff am Kragen zu sich, in ihren schwefligen Odem, zieht ihn ins Vertrauen. „Sie glaubt wohl, wenn der Mourad seine Aufenthaltsgenehmigung hat ..." Die Briefträgerin flattert mit kalten Händen. „Und Ole wird nicht hierherziehen, Frithjoff. Das sage ich, aber ich denke, die Helene ahnt das. Also fragt sie auch nach Post für Ole. Ob vielleicht was vom Amt dabei ist oder von der Diakonie oder was Ähnliches. Und jedes Mal sage ich ihr: ‚Die Briefe für Mourad gehen ins Flüchtlingsheim. Und die Briefe für Ole gehen in die Stadt.'

Sie sagt dann immer, sie sei ganz durcheinander. Alles in der Welt sei doch durcheinander. Die Märzenbecher würden im Februar blühen und die Maiglöckchen im April. Und ich antworte ihr dann, dass da etwas dran sei. Aber glaub mir, Frithjoff, die Helene ist dreimal so durcheinander wie alle Blumen im Frühling. Mourad hat mir erzählt, dass Helene sich einen Tee kochen wollte. Auf dem Tisch lag so ein kleines Papiertütchen, wie man sie so kennt. Zum Glück hat er es ihr weggenommen und gesagt: ‚Frau Billerbeck, das ist kein Tee.' Und sie hat gesagt: ‚Aber sicher. Da sind doch Kräuter und Blüten drauf.' Stell dir vor, Frithjoff, sie hätte Blumendünger gesoffen." Die Stimme der Briefträgerin ist weinerlich. Sie greift sich ans Herz und spürt das Glas des Flachmanns. „Der Junge ist gut", sagt sie. „Ich weiß immer gar nicht, was mich trauriger macht, seine Geschichten oder seine Augen. Wenn er über Helene redet, dann sehen die aus, als wenn er über die eigene Mutter spricht."

Frithjoff wiegt den Kopf. Der Suff macht dich traurig, Irmchen, denkt er und sagt: „Das ist das schreckliche Heimweh. Die glauben, in der Fremde das große Glück zu finden. Aber unsere Alten wussten schon: Die Hoffnung bahnt den Weg und der Gram tritt in ihre Stapfen."

Unterm Vieh

Mourad schwitzt. Im Schlaf braucht er fünf Stunden auf einem Laster für zwei Zentimeter auf der Karte über dem Bett. Er sitzt zwischen Schafen und der Fahrer sagt: „Unterm Vieh fällst du nicht auf. Und du gewöhnst dich gleich an dein Ziel." Der Mann mit dem dürren Bart lacht und zählt das Geld von einer Hand in die andere. Er zählt in Schafen und dann in Stiefeln und Fahrrädern und Maschendrahtrollen für seine Hühner. „Der Fluss ist tückisch", sagt er. „Die an ihm wohnen, die erzählen, er hat so viele Gesichter wie Namen. Du gehst in den Meriç und wenn du Glück hast, gehst du am Ufer vom Evros wieder an Land. Mein Schwager aus Edirne sagt, seine Alte mag die Wassermelonen nicht mehr essen. Selbst die Sonnenblumenkerne würden ihr bitter schmecken. Sie sagt, schon wo der Fluss Mariza heißt, steigt der Tod ins Wasser. Und der schwemmt dann überall an Land und macht die Ernte bitter." Der Fahrer klopft Mourad auf die Schulter. „Aber ohne Pass kannst du nicht fliegen. Und die Leute am Meriç sagen, man muss inzwischen eine Zwergdommel sein, um sicher ans andere Ufer zu gelangen."

„Nichts und niemand ist sicher", sagt Mourad, denn er hat den Traum zuvor erlebt. Er hat das Blut der Dommel fließen sehen.

Auf dem Weg durchs Land wird der Fahrer dreimal kontrolliert und jedes Mal sagt er: „Ich bringe Schlachtvieh in den Norden, nach Uzunköprü." Die Polizisten winken jedes Mal ab. Nur einer sagt: „So ein Widersinn. Du fährst die Viecher hoch und die Ungläubigen schicken ihre über die Grenze runter. Dabei sind unsere Schafe doch viel besser. Ich würde keine zwei von denen gegen ein Fettschwanzschaf von meinem Bruder eintauschen. Aber davon verstehen wir angeblich nichts. Das nennen die Herren da oben nun Ökonomie." Sein Kollege stößt ihm in die Seite. „Halt keine Volksreden", raunt er, „auch Schafe haben Ohren." Mourad schwitzt und die Schafe brüllen, als wären sie der Rampe am Schlachthof nah. „Was nützen Ohren, wenn das Hirn aus Kaymak* ist", antwortet der Polizist und geht.

Als der Fahrer Mourad verabschiedet, sagt er: „Der Polizist hat recht, Junge. Vielleicht schaffst du es nicht. Und wenn doch, halten sie dich schlechter als ihre Schafe. In Fylakio wurden hundertsechsundvierzig Männer auf hundertzehn Quadratmetern eingepfercht, erzählen sie bei uns im Dorf. Noch kannst du nach Hause."

Mourad schlägt seine Jacke in den Wind. Heu, Staub und Haare fliegen. „Vier Wände allein sind kein Zuhause."

Hirn vom Löffel

Helenes Gebiss knackt, wie die Küchenuhr tickt. Und Ole wird die Zeit lang. „Ewig nicht gesehen", sagt Helene, ohne zu wissen, wann sie den Sohn das letzte Mal gesehen hat. Dabei rührt sie Hirn durch die Brühe, bis sie den Vorwurf wieder vergisst. Und Ole erwidert: „Die Versicherung schickt mich doch für Schulungen durchs Land."

Helene nimmt ein Blatt vom Tellerrand und hält es in die Luft. „Mir fällt der Name nicht ein", flüstert sie wie zu sich selbst. „Koriander", sagt Mourad und sieht einen Tropfen Brühe in Helenes Hand laufen. Sie steckt das Blatt in den Mund und leckt die Hand sauber. Die Hand greift eine Scheibe Brot und reicht sie über den Tisch zu Ole. „Du siehst schmal aus", sagt Helene. „Dir fehlt Osmins Küche. Er kocht so gut wie Großmutter." Helene schlürft Hirn vom Löffel in den Mund. „Dabei müsste er ein schlechter Koch sein. Wie heißt es doch: ‚Die Schönheit rührt kein gutes Mahl.'"

Ole sieht einen Rest vom Hirn auf Helenes Zunge.

„Osmin kann einfach alles", sagt Helene. „Backen, waschen, gärtnern. Hast du die Blumenbeete gesehen?", fragt sie, ohne eine Antwort abzuwarten. „Weißt du, an wen er mich erinnert? An den schönen Freund vom Hamlet. Du weißt doch, mein Kollege aus dem Schauspiel."

Ole weiß und schüttelt den Kopf, als könnte er seine Röte abschütteln wie ein Hund dreckiges Wasser.

„Sicher", sagt Helene. „Wir haben die zwei so oft in ihrem Haus am Wasser besucht. Er hatte diese wallenden Haare. Und in der Küche hatte er eine Schürze wie Großmutter um. Und du hast gefragt, ob er die Frau vom Hamlet ist."

Das Ticken ist zurück. Es macht das Schweigen beredt wie Mourads Blick und Oles Glühen. Helene schluckt. Das Stück Hirn rutscht am Herz vorbei zum Magen. Ole schaut zu Mourad und Helene durchschaut, was sie nicht fassen kann, und sie fasst mit der rechten Hand Mourads linke und sagt: „Kaum zu glauben ..." Den Rest des Satzes denkt sie: Ihr seid zusammen.

Ole spürt Krämpfe in den Waden und Mourad fragt: „Was meinen Sie, Frau Billerbeck?" Helene lächelt und antwortet: „Dass der Ole sich nicht an unsere Freunde erinnern kann."

Ein Traum

Frithjoff schläft. Als er die Augen öffnet, hat er blonde Locken, kleine gerade Beine ohne Krampfadern und feingliedrige Finger ohne Gichtknoten. Die Haut ist glatt und ohne Haare. Die Füße kennen keinen Schmerz und der Rücken auch nicht und Frithjoff frohlockt, denn im Kopf ist alles wie vor dem Einschlafen. Und der Kopf erinnert sich an das Kreuz und das Alter. Und die Erlösung vom Kreuz lässt die Augen feucht werden wie der Anblick des kleinen Hans Billerbeck hinter dem Fensterglas.

„Mensch, Hansi", ruft Frithjoff.

Hans schweigt. Er steht da und schnippt mit der rechten Hand.

Frithjoff schlüpft in die kurze abgewetzte Lederhose, greift das fleckige Hemd und springt aus dem Fenster. „Schnell", sagt Frithjoff, „gehen wir zum Bunker. Sonst schicken die Alten uns wieder zum Steinesammeln aufs Feld."

Hans sagt nichts, er läuft Frithjoff hinterher und schnippt mit der rechten Hand.

Heiliger Josef, denkt Frithjoff, Hansi ist auch im Kopf ein Kind.

Hans zieht den Rotz in den Kopf und sagt: „Ich mag den Bunker nicht."

Und Frithjoff erinnert sich, wie er mit den Nachbarsjungen die alte Tonne mit Karbid und Wasser am Bunker zur Explosion gebracht hat. Und er sieht den kleinen Hans noch einmal schreiend vom Bunker weglaufen, die Augen geschlossen, die Hände auf die Ohren gepresst. Drei Tage sagte Hans kein Wort mehr. Und drei Tage schnippte er nicht mehr mit der rechten Hand.

Mein Gott, denkt Frithjoff, an der Angst war sicher auch das Loch im Kopf schuld. Er legt die kleine glatte Hand auf Hans' knochige Schulter und sagt: „Der Bunker ist wirklich keine gute Idee, Hansi. Karbid ist zwar noch 'ne Menge da, aber die Tonne ist zerfetzt. Und woher eine neue nehmen? Gehen wir doch an den See."

Hans wendet sich wortlos ab und geht über das Feld. „Warte", ruft Frithjoff. „Lass mich nicht allein!"

Hans schnippt mit der rechten Hand. „Das ist doch nur ein Traum", sagt er.

Kein Ohr

Helene schaut auf das Ohr der Briefträgerin und sagt: „Sie werden es nicht glauben, Irma." Das Ohr der Briefträgerin glüht, als hätte es an jedem Gartentor vom Leben erfahren. Und die Augen weiten sich, als erwarteten sie vom Leben mehr als einen kleinen gelben Postwagen, der stets über dieselben Straßen und Fußwege holpert. Und Helene klagt: „Meine Brille ist weg. Die zweite, die gute mit den entspiegelten Gläsern."

Die Briefträgerin schiebt die Finger von der Stirn in die Haare. „Nicht Ihr Ernst", stöhnt sie. Dann reibt sie sich die Augen und klemmt sich eine Zigarette in den Mundwinkel.

„Ich finde auch eines meiner schönsten Kleider nicht mehr, Irma. Es ist aus feinster indischer Seide und hat so wundervoll große Sonnenblumen überall drauf. Wenn ich es nicht besser wüsste, würde ich denken, die Motten haben die Sonnenblumen gefressen."

Die Briefträgerin zieht sich den Rauch hinter die Stirn. Sie zieht so lange, bis das Brennen schmerzt wie der Gedanke an den Rest vom Tag oder den vergessenen Flachmann, und sie sagt: „Was durch schnöde Pinke ersetzt werden kann, Frau Billerbeck, das ist doch nur ein kleiner Verlust."

„Die Sonnenblumen sind vierzig Jahre alt, mindestens. Die gibt es für kein Geld, Irma. Heute verkaufen die den Leuten Kleider für ein paar Groschen. Groschen, Irma! Und so sehen die dann auch aus. Die werden beim Waschen nicht mal nass. Vermisst oder sucht man so was? Sicher nicht."

Die Briefträgerin stößt den kleinen gelben Wagen mit dem Bauch ins Rollen. Dafür hab ich heute kein Ohr, denkt sie und hebt die Hand zum Gruß. Sie geht schnell. „Man sucht doch immer etwas", sagt sie und denkt an ihre Geduld.

Helene sieht der Briefträgerin nach. Wie der Irma heut die Haare zu Berge stehen, denkt sie.

Meisterwerk

Mourad kniet im Gras. Er schneidet das Welke von den Tulpen. „Ein guter Tag", sagt Helene. Sie hat die Namen auf den Rückseiten der Bilderrahmen vom Nachtschrank richtig geraten, ihre Zweitbrille gefunden, das Vergessen verdrängt. „Ein guter Tag ist kurz", sagt Mourad. „Ein schlechter ist lang." Helene greift nach Mourads Schulter und lässt sich in seinem Rücken behutsam ins Gras sinken. Die Hand bleibt, wo sie Halt gefunden hat, und Helene fragt: „Es geht sicher um meinen Ole, stimmt's?" Sie hält die Schere in die Luft. Die Wolken ziehen schafweiß hinter den Klingen. Mourad weiß nicht, was er sagen soll. Er schweigt und denkt an den Beamten, den Nachbarn, die Träume, die Ängste und an das Heimweh, das er nicht versteht.

„Mein lieber Osmin. Ihre Augen verraten Sie", sagt Helene, ohne die Augen zu sehen. Sie legt die Schere ins Gras und nimmt Mourads Hand. „Ich bin wohl eine schlechte Mutter, wenn ich nicht weiß, ob mein Junge Sie verdient. Aber ich weiß es nicht."

„Sie haben nicht das geringste Problem mit seinem, wie soll ich es sagen, Sein?"

Helene streicht über Mourads Hand. „Ich habe am Theater gearbeitet. Unser Faust liebte den Maskenbildner, und Wotan lief mal dem Inspizienten und mal der Zweitbesetzung für den Nussknacker hinterher." Helene lacht über die Erinnerungen. Dann nimmt sie die Schere und schaut sich auf den Klingen in die Augen. „Meine größte Angst ist, mein Kind allein zu wissen, wenn ich gehe."

„Meine Mutter war allein um unseren Ruf bedacht", sagt Mourad. „Sie schleppte eine junge Frau nach der anderen ins Haus. ‚Sie sind dumm wie Besenkorn*', redete ich mich heraus. Meine Mutter sah auf Amara herab und an meinem Vater hinauf. ‚Den Kopf zum Denken hast du doch', sagte er und drückte mir den Zeigefinger auf die Stirn. Was er weiter dachte, sprach er nicht aus, nicht vor Amara. Dabei saß sie schon lange in seinem Kopf, so wie er in ihrem. ‚Auch das einfältigste Weib hält dich warm', flüsterte er hinter vorgehaltener Hand. Und meine Mutter sagte: ‚Du brauchst Frau und Kind. Wer kein Kind hat, der hat kein Licht in den Augen.' Sie sprach zu mir und sah zu Amara. Von da an brachte mein Vater die Frauen ins Haus. Sie waren schön und klug und meiner Mutter zuwider, denn sie erinnerten sie an Amara. Da wusste ich, es war Zeit zu gehen."

„Sonst?", fragt Helene.

„Hätte ich heiraten oder mich offenbaren müssen.

Wer so heiratet, macht zwei Menschen unglücklich, wer sich offenbart, die ganze Familie, dachte ich. Wird den Unglücklichen etwas Glück gewährt, macht man sie zur Frau und teilt deren Unglück, wenig oder weniger als wenig wert zu sein. Die ohne jedes Glück sterben auf die seltsamsten Arten. Oft fallen sie von Dächern. Und gibt es einen Trost, so lautet der: ‚Du stirbst im Fliegen.' Aber die Schreie reichen bis zur Erde. Sie sind noch in den Schädeln, wenn sie bersten. Und was die Familie nicht erledigt, erledigt der Kadi." Mourad legt sich ins Gras. Er sieht im Himmel das Leinblau. „Das ist sicher schwer vorstellbar in einem freien Land wie Ihrem."

„Glauben Sie nicht an ein Land", sagt Helene. „Ich erzähle Ihnen aus diesem so freien Land. Es war zur Zeit der Blumenkinder. Hamlet war mit Blutergüssen und einer Platzwunde im Gesicht ins Theater gehumpelt. Die Maske hatte Mühe, aus ihm einen Menschen zu machen. Nächte zuvor war er auf ein Bier in ein einschlägiges Lokal gegangen. Die Polizei stürmte die Kneipe. Sie erwischte Hamlet im nahezu dunklen Flur zum Hof. Er war allein und sie waren zu dritt. Er habe sie angegriffen. Sie logen und Hamlet wurde verurteilt. Sein Richter war nur dreißig Jahre zuvor als Richter dem Führer hinterhergerannt. Interessierte keinen. Eines Abends saß der Geschundene wieder auf der Bühne. Und was sprach er? Shakespeare. ‚Welch ein Meisterwerk ist der Mensch.'"

Tote Gesichter

Die Briefträgerin liegt auf der Straße, ein Fuß auf dem Kopfsteinpflaster, der andere auf der Strebe des Postwagens. Die Schuhspitzen zeigen zu den Baumkronen, als machte die Briefträgerin einen Schritt zum Himmel.

Mourad schüttelt ihre Schultern und ruft und flucht.

„Jessas, Maria und Josef", stöhnt Frithjoff aus dem Garten und humpelt zur Straße. „Irma", raunt er.

„Wir müssen einen Arzt rufen", sagt Mourad.

Frithjoff sieht sich um, als hätten die Linden Ohren und die Laternen Augen. „Die Gute ist nur voll wie eine Haubitze", flüstert er.

„Was ist eine Haubitze?", fragt Mourad, aber Frithjoff zeigt nur auf die drallen Beine und greift der Briefträgerin vom Rücken unter die Arme. Die Männer heben den schweren Leib vom Katzenkopfpflaster.

„Ins Haus, schnell", flüstert Frithjoff.

Die Briefträgerin liegt auf dem Sofa, das Gesicht auf der Seite. Es ist bleich und verrutscht, als wäre kein Leben mehr in ihm.

Mourad kennt tote Gesichter. Er hat sie am Galgen gesehen, unter Kränen mit Auslegern wie lange Arme. „Da siehst du es", hatte sein Vater gesagt. „Das ist ihr zweites Gesicht. Das Böse hat immer zwei Gesichter."

Frithjoff stellt einen kleinen Eimer neben die Lehne. „Halten Sie ihn unter ihren Mund, wenn sie kotzt", sagt er und wendet sich ab. „Ich hole einen kalten Lappen."

Mourad sucht den Puls am Handgelenk und kann ihn nicht finden. Das zweite Gesicht der Briefträgerin macht ihm Angst. Die Wange unter dem schiefen Mund liegt wie toter Teig auf der Lehne. Und plötzlich grunzt die Briefträgerin. Und Mourad ringt nach Luft, lacht und weint zugleich.

„Was ist?", fragt Frithjoff, beugt sich über das verrutschte Gesicht und lässt den nassen Lappen auf Stirn und Augen fallen.

„Sie lebt", sagt Mourad.

„Sicher", sagt Frithjoff, „was dachte er denn? Blau ist sie, das ist alles. Man sollte das Saufen verbieten. So wie bei euch."

Mourad lächelt und sagt: „‚Verbote sind die Eltern der Versuchung', hieß es in meiner Familie. In unserer Nachbarschaft tranken sie wie Fische – auf den Dächern, in den Kellern, wo immer das Auge der Sittenwächter keinen Weg ins Leben fand. Sie tranken Aragh Sagi. Der Härteste hatte bis zu achtzig Prozent. Da wäre selbst die Briefträgerin hier blind geworden."

Frithjoff grient.

„Vielleicht hätten wir doch einen Arzt holen sollen", sagt Mourad.

Die Briefträgerin würgt. Frithjoff hält den hellblauen Eimer an ihren Mund. Er stöhnt und schaut angewidert zur Seite. „Sie steht kurz vor der Rente", sagt er. „Die schmeißen sie noch auf den letzten Metern raus, die dusselige Kuh."

„Ich brauche die Postjacke", sagt Mourad.

Frithjoff stellt den Eimer auf den Boden. „Was tun Sie?", fragt er.

„Es kann nicht schwer sein, die Briefe hier in der Straße zu verteilen", sagt Mourad. „Die Häuser haben ja Nummern. Und wenn jemand fragt, bin ich die Vertretung."

„Niemand fragt und niemand grüßt hier mehr", sagt Frithjoff.

„Ich weiß", erwidert Mourad im Hinausgehen. In der Tür schaut er noch einmal zurück: „Was ist eine Haubitze?"

Die Zettel

Helene sitzt auf dem Bett. Sie klebt sich kleine gelbe Zettel an die Gesichter auf den Fotos. „So weit ist es gekommen", sagt sie. Auf das Gelb kritzelt sie Namen und seufzt, denn sie weiß nicht mehr, wie sich Frithjoff schreibt. Sie weiß nicht mehr, ob Maike mit einem E oder A vor dem I geschrieben wird. Und der Name Osmin fällt ihr nicht ein. Und sie hat kein Foto von der Fußpflegerin und schreibt „Fußfrau" unter „Postfrau Irma" auf ein loses Blatt Papier. Die Lebenden kriege ich nicht mehr zusammen, denkt Helene, und die Toten kriege ich nicht aus dem Kopf. Sie schaut aus dem Fenster, zum Kreuz zwischen Wolken und Kirchturm. Sie denkt an den Schwiegervater Billerbeck, an die Engelmacherin. Helene weiß nicht, was mehr schmerzt, das Vergessen oder das Erinnern.

Im aufgeschlagenen Fotoalbum neben ihren Beinen sieht sich Helene mit den ersten grauen Haaren, wie sie auf einem Klappstuhl kauert. Vor ihr steht eine junge Frau mit weit ausgebreiteten Armen, offenem Mund und Helenes Hand auf dem Zwerchfell. Da bist du all die Jahre die Königin, denkt Helene, und eines Tages sitzt du ohne Krone auf einem klapprigen Holzstühlchen und vor dir steht so eine Elevin und strotzt vor Leben. Und dann verlangt sie von dir, sie mal schnell zur umjubelten Königin zu machen.

Helene schlägt das Album zu. „Der Schmerz und das Vergessen sind wohl ein seltenes Paar", raunt sie zum Bilderrahmen mit dem gesprungenen Glas und wagt nicht, Ole oder Hans zu sagen. „Schau, was aus der Königin geworden ist, mein Lieber, eine komische Alte ohne Souffleuse. Da sitzt die in ihrem Bett und schreibt sich Menschen auf eine Liste wie früher Kartoffeln, Milch oder Waschmittel."

Helene lacht, schluchzt. Eine Träne fällt auf Hans' Wange.

Ertragen

Helene gießt den Bogenhanf, die Alpenveilchen, den Geldbaum, die Grünlilien. Sie wässert die Töpfe zum zweiten Mal an diesem Tag. Und Mourad folgt ihr in gebührendem Abstand von Zimmer zu Zimmer und gießt das Wasser aus Übertöpfen und von Tellern in den Garten. Er wischt die Fensterbretter trocken, die Regalböden mit Wasserrändern wie Monde, die fleckige Kommode. Dabei trägt er das schwarze Telefon in der Hosentasche durch das Haus, schweigt und wartet.

„Langeweile?", fragt Helene in der Diele und stellt die Gießkanne auf die Garderobe. Sie winkt Mourad in die Küche und sagt: „Ich denke mir immer, die Langeweile verlängert doch irgendwie das Leben."

Und den Trübsinn, denkt Mourad und setzt sich. Er legt das Telefon auf den Küchentisch und schaut in den Garten.

„Ich mache uns einen Tee", sagt Helene. Sie schaltet den Wasserkocher ohne Wasser an, stellt Tassen auf den Tisch, Zucker und Honig. Sie schaut auf das glänzende Telefon, auf Mourad und sagt: „Wer Glück sucht, der lerne entbehren, heißt es bei uns."

Mourad will nicht reden und sagt dennoch: „Dann ist Ole ein sehr guter Lehrmeister."

Der Wasserkocher summt und knackt.

„Ich erzähle Ihnen etwas über Oles Vater, meinen Hans. Ich begriff irgendwann, dass er keine Beziehung brauchte. Er hatte ja sich, von Kindesbeinen an. Irgendwann konnte ich das ertragen. Vielleicht, weil ich auch mit dem Theater verheiratet war. Vielleicht, weil ich all die Lieben besingen konnte. Ich weiß nicht, wie viel Schmerz ich auf der Bühne gelassen habe. Am Ende freute ich mich, wenn Hans mir etwas Zuneigung gab. Und ich vergab, wenn nicht."

Mourad schaut auf das Telefon. „Ich bin nicht wie Sie", sagt er leise und fragt sich, ob er es sein möchte.

Der Wasserkocher knallt. Helene greift sich ans Herz und Mourad sich an die Stirn.

Die Mütze

Frithjoff nimmt seine Mütze vom Haken. Er trägt sie Sommer wie Winter, im Garten, im Haus, beim Einkauf, beim Arzt. Bevor eine Mütze auseinanderfällt, holt Frithjoff die gleiche aus dem Laden für Jäger- und Anglerbedarf. Die alte Mütze legt er zu den älteren im Keller, als würde er sie noch einmal tragen wollen. Vor einem Jahr wurde der Stapel eine Mütze größer und Frithjoff dachte: Eine schaffe ich noch.

Frithjoff setzt die Mütze auf und Maike sagt: „Das Ding stinkt." Den Satz kennt Frithjoff von seiner Frau. Bevor sie starb, machte der Satz ihn wütend. Und grollend erwiderte Frithjoff: „Sie stinkt wie ich." Als er die Worte nicht mehr hörte, dachte er an sie und wurde traurig. Seit Maike den Satz sagt, muss er schlucken. Dann weiß er nicht, ob die Trauer vom Hals hinauf in die Augen drückt oder umgekehrt.

Maike schaut durch das Glas in der Haustür zur Straße. „Helene hat sich hübsch gemacht", sagt sie.

Frithjoff schluckt. Er schmeckt Salz in der Kehle. „Wir besuchen Irma, nicht die Königin von Saba", murrt er.

Maike richtet seinen weißen Kragen und zieht das Revers seiner Jacke mit einem Ruck in die Tiefe. „Fesch", sagt sie.

Frithjoff hängt die Mütze an den Nagel und streicht die Hände über den Haarkranz. „Du bist schlimmer als deine Mutter", sagt er leise.

Maike legt sich ein Tuch um den Hals und denkt: Dann wäre ich verheiratet.

Helene trägt Tulpen über die Straße zum Auto. Mourad kämpft gegen seine Scheu. Er hält eine Schachtel mit Schleife in seinen Händen. „Gaz", sagt er. „Eine persische Süßigkeit. Statt Tamariskensaft habe ich Eischnee nehmen müssen." Er spricht zu Maike und Frithjoff sagt: „Kommt, Kinder, Irma wird sicher warten."

Der weiße Fleck

Die Briefträgerin schaut zur Wand, auf den großen runden Fleck unter dem rostigen Nagel. Das Rund ist so weiß, als hätten die letzten Jahre dort nicht stattgefunden. Und die Nachbarin sagt: „Du liebe Zeit", und sie blickt um sich und zeigt auf die alte Wanduhr am Fenster.

„Sicher", murrt die Briefträgerin, „ich ersetze einen Fleck durch einen anderen."

Die Nachbarin linst ins Schlafzimmer. „Warum hängst du nicht den Elfenreigen vom Bett hierher, Irma?"

Die Briefträgerin schaut ungläubig. „Das Gemälde ist

doch riesig. Es würde sicher bis auf die Kommode hinunterreichen", erwidert sie. Die Frauen blicken auf das abgehängte Hochzeitsfoto in der offenen Schublade. „Die Königin der Nacht und ihre Entourage wissen es also nicht?", fragt die Nachbarin, um die Antwort wissend.

„Ich bitte dich", erwidert die Briefträgerin. „Erzählt dir der Busfahrer, wohin er sich am Abend trollt? Oder die Bäckerin, dass sie verwitwet ist? Schau dir unser Haus an. Seit Jahren leben wir hier Tür an Tür. Und wer bin ich? Die Post bin ich, mal die Schnapsdrossel, mal Frau Suffkopp oder Belotschka, aber ansonsten die Post."

Die Nachbarin erblasst. Die Schnapsdrossel ist aus ihrem Mund. „Belotschka?", fragt sie verlegen.

„Die Russlanddeutschen nennen mich so. Klingt das süß, dachte ich am Anfang. Die Babuschka hat dabei auch immer so ein gütiges Gesicht gehabt. Irgendwann fing ein Ukrainer bei uns im Postverteilzentrum an. Den habe ich gefragt. Er hat gesagt: ‚Es bedeutet kleines Eichhörnchen.' Und dann hat er plötzlich die Augen zusammengekniffen und so schelmisch gelacht. Da bin ich stutzig geworden. Er hat gefragt, warum ich das wissen will. Da habe ich gelogen und gesagt, unser Obsthändler werde so gerufen. Und dann fragte er, ob dem guten Mann denn schon der Säuferwahnsinn aus den Augen schaue."

„Die Russen sitzen doch im Glashaus", sagt die Nachbarin und zeigt zur Zimmerdecke.

Die Briefträgerin lächelt: „Ich räche mich von Zeit zu Zeit. Ich gebe der Babuschka über die Türschwelle die Hand, weil sie glaubt, das brächte Unglück. Oder ich pfeife in ihren Flur. Und nach der Geburt ihres Enkels Wladimir habe ich ihn ein süßes Baby genannt. Nun denken sie, das Kind wird deshalb ein Schreihals."

Die Briefträgerin nimmt das gerahmte Foto aus der Schublade. Sie schaut sich nicht ins Gesicht, weil sie glaubt, es verloren zu haben. Sie schaut nur auf den Schleier darüber und das hochgeschlossene Kleid darunter, weiß wie der runde Fleck an der Wand. Mein Gott, nach all der Zeit bin ich die Post, denkt sie. Ihr Finger tippt auf das Glas über ihrem Bräutigam. „Die Guten gehen immer zuerst", sagt sie und kratzt einen Fliegenschiss vom Himmel.

Die Nachbarin klopft der Briefträgerin die Schulter. „Deine Gäste kommen sicher gleich, Irma. Ich hole dir schnell eines von den kleinen Gemälden aus meinem Flur. Willst du die Pusteblumen, das Engelshaar oder den Blauen Augentrost?"

Nach dem Tod, nicht davor

Der Wein fließt ins fünfte Glas. Die Hand an der Flasche zittert und die Briefträgerin stöhnt über den Tisch gebeugt: „Ich bin etwas aufgeregt."

Frithjoff erhebt sich und sagt: „Trinken wir! Trinken wir auf Irma, unsere treue Seele!"

Die Stuhlbeine schurren über den kahlen Dielenboden. Die Schuhspitzen zeigen im Kreis zueinander und vier Münder prosten Irma in ihrer weißen Bluse zu.

Die Briefträgerin leert das halbe Glas in einem Zug. Ihre Augen sind geschlossen, ihre rechte Hand steht auf Herzhöhe in der Luft. „Setzt euch, setzt euch, bitte", sagt sie. „Ein paar Tage bleibe ich euch ja noch erhalten." Die rechte Hand fuchtelt vor den feuchten Augen, dem offenen Mund, der schluckt und schluchzt, weil sich das Wort Seele hinter der Stirn auswächst und weil die Briefträgerin weiß, die Tage hinter dem gelben Wagen an den Fingern von wenigen Händen abzählen zu können. „Ohne euch, Männer, wäre ich heute wohl schlecht dran", seufzt sie und trinkt. Sie trinkt gegen die Scham und die Vorstellung dessen, was sie an jenem Tag verschlief, auf den alle trinken.

Frithjoff zeigt auf Mourad und sagt: „Unser Freund hier hatte die größte Angst um Irma. Und ich um ihre Jacke. Er hat sie so gut ausgefüllt, dass ich befürchtet habe, die Nähte würden platzen." Ein Johlen hebt sich zur Zimmerdecke.

Nach dem zweiten Glas sagt Maike: „Sie müssen auch ohne Post zu uns kommen, Irma. Wer nimmt dem Vater sonst die Tauben ab."

Frithjoff schmunzelt und sagt: „Sieh an, selbst die toten Tauben kommen durchs Dorf."

Helene dreht den Smaragd am Finger und sagt: „Wenn die Tauben im Dorf zum Himmel fliegen, habe ich keine Angst mehr vor dem Tod." Dann schnäuzt sie in die Stille hinein, zwischen die Sterne auf ihrer Serviette und wischt sich die Augen.

„Oh, nein! Trübsinn bitte nach dem Tod, nicht davor", ruft die Briefträgerin. In ihrem Rücken hängen die Pusteblumen über dem weißen Fleck. Vor ihrer Brust schwappt der rote Wein im Glas. „Auf uns", prostet sie und sagt: „Mourad, erzählen Sie uns die Geschichte von den Tauben und den Melonen!"

Dorthin

Mourad sitzt auf dem Dach, über den Containern. „Hier oben ist es schön", sagt er zu dem jungen Mann mit der roten Mütze und dem Joint im Mundwinkel. „Man sieht nur grüne Kronen und Wolken und Vögel."

Der junge Mann bläst Rauch aus den Nasenlöchern. „Seit Tagen wird gemunkelt, das Amt versende Todesanzeigen", sagt er. „Sie wollen alle zurückschicken, die bereits in einem anderen Land hätten registriert werden müssen. Ich bin aus der Mariza an Land gegangen. Ich müsste nach Bulgarien."

Mourad schließt die Augen. Er sieht die Weltkarte in Oles Zimmer. An der Mariza ist das Land ocker, denkt er.

„Das Land ist arm", sagt der junge Mann. „Und nun wollen sie uns ausgerechnet dorthin schicken, wo all die jungen Leute hierher wollen. Dein Zimmernachbar mit der Nuss in seiner Misbaha hat gesagt, wenn es ihn erwischt, hast du Schuld. Und dann wird es dich erwischen, hat er geflucht. Er brauche sich nicht mal die Hände schmutzig zu machen. Er würde dem Amt nur mitteilen müssen, du seist eingeschleust worden, von ganz oben. ‚Warum spricht der Hund die Sprache unserer Feinde', hat er geflüstert, und seine Augen hättest du sehen sollen, die wurden schmal wie der Spalt zwischen zwei Pistazienschalen. ‚Und wo treibt sich der elende Flohsack Tag für Tag und Nacht für Nacht rum?'"

Mourad legt sich auf das Dach und lacht. Er schiebt den Ärmel vom Arm und zeigt dem jungen Mann eine rosige Narbe. „Hätten mich die Wächter Teherans geschickt, hätte ich nicht unter Schafen gelegen und mich blutig treten lassen. Aber so ist das, nur das Gewöhnliche weckt kein Misstrauen."

Der junge Mann schnippt den Stummel über den Rand des Daches auf das braune Gras, wo eine Frau sich heiser jubelt. Sie hüpft auf und ab und schlägt ein Blatt Papier in die Luft. „Sie dürfen wohl bleiben", sagt der junge Mann.

Ein kleiner Kopf mit Augen wie Maronen schaut über den Rand der Dachluke. „Er darf es wohl auch", sagt der junge Mann. „Die da kreischt, ist seine Mutter."

Mourad winkt den Jungen zu sich. „Hast du auch nach dem Tigerauge gesucht?", fragt er. Der Kleine nickt. „Ich habe so ein Leuchten an der Luke gesehen", flüstert Mourad und geht mit dem Jungen zurück. Der Kleine umkreist die Luke und brüllt: „Ich habe es. Ich habe es gefunden!" Mourad hält seinen Zeigefinger auf den kleinen Mund: „Bring das Tigerauge deiner Mutter. Es bringt euch Glück, aber nur, wenn ihr niemandem von der Perle erzählt." Die Augen des Jungen glänzen. Er nickt und kriecht durch die Luke in den Container hinab.

Der junge Mann schlägt mit der roten Mütze nach Mourad und lacht: „Du bist salzig."

„Hier sagen sie wohl eher witzig", sagt Mourad.

„Ich bleibe bei salzig. Aber stell dir vor, die Kinder hatten das Suchen schon aufgegeben. Selbst die Frauen wurden traurig, als hätten sie gern ihrer Lüge geglaubt."

Glauben

„Der Ring ist weg." Der Satz ist in Helenes Mund, in dem der Briefträgerin, in Frithjoffs, in Maikes. Nur Mourad hört nichts über den Ring. Helene hat mehr als zwanzig Ringe. Alle sind aus Gold. Einige sind zweihundert Jahre alt. Sie hat drei Brillantringe, einen mit riesigem Aquamarin in antikem Kissenschliff, einen Ehering mit Gravur, einen Ring mit Rubin im Carréschliff, einen Siegelring mit den Initialen H für Helene und S für Schmettau. Die Schatulle auf dem Nachtschrank ist voll. Und doch reden alle nur vom Ring. Es ist der Smaragd. Die Briefträgerin nennt ihn auch Briefbeschwerer. Frithjoff spricht vom Klunker, Maike von einem Traum.

Der Ring ist jetzt schon den zweiten Tag verschwunden.

„Was sucht sie nur?", fragt Mourad. Maike tippt auf den nackten Mittelfinger. Und Mourad erstarrt. „Der Ring ist weg?", fragt er und spürt Übelkeit. Er denkt an Isfahan, an den Mann mit einem einzigen Finger an der rechten Hand. Der Greis bettelte am Südufer der 33-Bogen-Brücke, die zum Armenierviertel von Dschulfa führt. Er saß im Staub und verbarg sich unter dreckigen Tüchern. „Wenn er geht, humpelt er", hatte Mourad vom Vater gehört. „Nach der zweiten Dieberei haben sie ihm noch den halben linken Fuß abgeschnitten. Von unten her am Rist." Noch immer friert Mourad beim Gedanken an die Worte des Vaters. „Der Ring ist weg", flüstert er.

„Alles kommt weg", sagte Helene vor Tagen zur Briefträgerin. Ihre Stimme klang, als verkündete sie Dunkelheiten. „Mein bestes Obstmesser, das mit dem alten Holzgriff und der kleinen Windmühle auf der Klinge. Und die Nagelfeile aus Glas. Weg. Wie vom Erdboden verschluckt."

Wer steckt sich ein altes Obstmesser ein?, dachte die Briefträgerin. „Kleine Messer verschwinden bei mir auch", sagte sie. „Ich habe mal eins im Müll wiedergefunden, zwischen all den Apfelschalen und Gehäusen."

„Und nun der Ring", sagte Helene. „Er stammt aus einer Zeit, da trugen meine Leute vor dem Namen

Schmettau noch das Von. Meine Großmutter sprach vom grünen Feuer, wenn sie die Samtschatulle öffnete und sich den Smaragd an den Finger steckte. Danach durften wir Mädchen ihn in die Hand nehmen und ins Licht halten. Und der Großvater sagte, es sei ein verzauberter Froschkönig. Und Großmutter erwiderte dann, vom Verkauf könne man auch ohne König gut leben." Helene rieb sich die bloßen Finger. „Nun ist er fort", flüsterte sie betrübt.

„Ihr werdet ihn finden", sagte die Briefträgerin, ohne selbst daran zu glauben.

„Wir werden ihn finden", sagt Mourad zu Maike und sie erwidert: „Helene wird ihn verlegt haben." Und beide versuchen, einander zu glauben.

„Du weißt, dass du dir nichts vorwerfen musst", sagt Ole am Telefon.

„Ich habe ein gutes Gewissen, aber das wiegt den fremden Zweifel nicht auf", erwidert Mourad.

Verloren

Die Tage sind lang, denkt Mourad, denn die Briefträgerin hat keine Zeit, nicht für eigene, nicht für fremde Beklemmungen. Sie hebt nur kurz die Hand und schiebt den Wagen ins Dorf. Frithjoff lässt das alte Laub vor dem Haus liegen, als störte es ihn nicht mehr. Und Helene hütet das Bett, als wäre die Trauer um den nackten Finger eine Krankheit. „Ich brauche nur Schlaf", sagt sie leise zu Mourad mit dem Frühstückstablett in den Händen. Und sie meint, im Schlaf nicht grübeln zu müssen, ob sie Mourad misstrauen sollte wie ihrem Kopf. Nur Maike tritt an den Zaun, weil sie weiß, wie lang Mourad die Tage sind, und weil sie ihm die Tage nicht noch länger machen will. Und sie fragt nicht nach dem Tag, weil sie sehen kann. Und sie sagt, was sie hofft: „Wird schon." Dann nickt Mourad und vergräbt die Hände in den Hosentaschen. Mit der rechten greift er dabei ins Leere und erschrickt, als hätte er das Tigerauge verloren.

„Ich habe heute zweimal im Müll gekramt", sagt Mourad und hebt die Hände, als könnten sie mehr als die wunde Haut vom Scheuern mit der Waschbürste zeigen. Maike sieht seine roten Finger und denkt an den grünen Smaragd. „Zwischen faulenden Kartoffelschalen, Fischgräten, schimmelnden Kaffeefiltern und Eierschalen habe ich gehockt. In den Ausgüssen habe ich herumgestochert. Und dann bin ich auf allen Vieren durch das Haus gekrochen. Und? Fünfzig Cent habe ich gefunden, einen halben Knopf aus Perlmutt und eine rostige Reißzwecke. Und zwischen der Küchenheizung und der Scheuerleiste steckte ein altes Obstmesser. Nur meine Ehre, die habe ich nicht gefunden."

Was wir glauben

Mourad hustet sich das Gesicht purpurn, den Hals, die Drosselgrube darunter. Der junge Mann mit der roten Mütze zieht ihm den Joint aus der Hand. Er schlägt ihm die flache Hand auf den Rücken und sagt: „Langsam. Das Zeug ist stark und du bist nichts gewohnt. Am Ende kotzt du noch die Baracke voll."

Mourad schließt die Augen und lehnt sich an die kalte Wand. „Wo kriegst du den Dreck nur immer her?"

Der junge Mann schmaucht und grient. „Der Kahlkopf vom Wachdienst verhökert es. Er sagt, die Stadt zahlt ihm nicht das Schwarze unterm Fingernagel, seine Alte findet keine Arbeit und die drei Kinder kosten Geld. Manchmal ziehen wir zusammen 'ne Kippe durch. Dann wird er redselig. Er fragt, was wir glauben, hier zu finden. ‚Frieden', habe ich ihm geantwortet. Da hat er genickt. ‚Freiheit', habe ich gesagt. Da hat er niesen müssen."

Der junge Mann lacht. Dann drückt er den Stummel in die Asche und sagt: „Nach dem Niesanfall hat der Kahlkopf abgewinkt. Er sagt, du kannst dich hier auf den Markt stellen und Reden halten. Aber die, die zuhören, haben nichts zu sagen. Und die etwas zu sagen haben, hören meist nicht zu." Der junge Mann legt sich aufs Bett und zieht die rote Mütze über die Augen. „‚Wohlstand', habe ich noch gesagt. Da hat er abgewinkt. ‚Der ist verteilt', hat er geantwortet. Die einen hätten das Wohl, die anderen den Stand, einen schlechten. Und zu denen würden auch wir zählen."

Mourad sieht zum Fenster. Eine Krähe fliegt mit einem Stück Brot in die Stadt. „Wir haben studiert oder Berufe erlernt", sagt er.

Der junge Mann zieht die rote Mütze von den Augen. „Studiert hat der Kahlkopf auch mal. ‚Das Falsche', hat er gesagt. Was die Gesellschaft reich machen könnte, aber keinen mit einer Fabrik. Und jetzt läuft er um die Baracken wie ein Esel ums Schöpfrad." Der junge Mann neigt den Kopf und schaut zu Mourad. „Du bist still heute."

„Ich denke an den guten alten Mohammed, unseren Gärtner. Ich vermisse mein Leibgericht Fesenjan* und den Geruch von Safran, Zwergfeigen in Rosenwasser und den Ruf vom Brahma-Kauz."

Der junge Mann seufzt: „Tahdig", sagt er und leckt sich die Lippen. „Als Kinder schlugen wir uns um die Kruste am Pfannenboden, dass meine Großmutter Tränen lachte. Was gäbe ich heute für einen Löffel von ihrem köstlichen Safranreis. Das ist Heimweh, Mourad."

„Ich frage mich seit Monaten, wie die Hölle so schön sein kann, dass man Heimweh nach ihr bekommt."

Das Licht

Helene steht am Zaun und summt zum Himmel. Die Briefträgerin fuchtelt und verzieht das Gesicht wie unter Schmerzen. „Helene", sagt sie. „Der Kaffee, er treibt."

„Du kennst dich ja aus", erwidert Helene und zeigt hinter sich, zur Tür.

Die Briefträgerin sitzt auf der Toilette. Sie fingert am Schwertfarn und flüstert: „Mein Gott." Ihre Hand greift unter das Grün zum nassen Wurzelstock – und hält den Smaragd in den Fingern. Der Briefbeschwerer, denkt sie. Die Hand zittert. Sie hebt den Ring kurz ins Licht und lässt ihn in die offene Jackentasche fallen, als gäbe es in diesem Moment keine Verbindung zum Kopf, keine Frage, kein Zaudern.

Die Diele ist leer und still, die Haustür steht offen. Die Briefträgerin schaut sich bedächtig um. Helene lächelt auf dem Foto im Regal. Sie trägt den Smaragd am Finger, als trüge die Briefträgerin ihn nicht aus dem Haus.

Im Vorgarten zeigt Helene auf eine schwarze Wurzel. „Die kann raus", sagt sie und Mourad stößt den Spaten neben das tote Holz. Die Briefträgerin geht zur Straße und schubst den gelben Wagen zwei Meter von sich. „Bis morgen", sagt Helene. Mourad nickt, ohne aufzuschauen. Morgen ist Heutes Bruder, denkt er, und Heute ist wieder lang.

Der Briefträgerin wird plötzlich heiß. Die Hände zittern und die Beine werden weich. Dann stöhnt sie und schaut zurück. „Ihr werdet es nicht glauben", sagt sie und greift in die Tasche. Der Smaragd blitzt im Licht.

„Der Ring", ruft Helene. Sie klatscht in die Hände. „Irma", ruft sie.

„Er lag im Farn. Auf dem Gästeklo."

Helene schlingt die Arme um die Briefträgerin und jauchzt. „Osmin", ruft sie. „Mein Ring ist wieder da!"

Der Spaten liegt auf dem Boden.

„Wo ist der Junge?", fragt die Briefträgerin. Sie weiß, der getilgte Verdacht kann den Schmerz nicht sühnen. Und sie spürt den vor Sekunden in sich reifenden Stolz auf ihre Ehrbarkeit schwinden und schluckt und ruft.

Mourad kauert hinter dem Haus. Er zittert und weint in die Hände.

Unbehagen

Frithjoff schlurft über die Straße. Er kaut einen Strunk vom Gundermann bitter. Seine rechte Hand verdeckt die Augen vor Sonne und Scham und er sagt: „Du hast mir noch gar nicht von den Taubentürmen erzählt." Er spricht und lächelt, als wäre die Zeit zwischen Mourads letztem guten Tag und jetzt nur einen Wimpernschlag lang gewesen.

Mourad nickt und denkt: Nun ist dein Unbehagen so groß, wie es meines war. Und er redet, als hätte es nie ein

Unbehagen gegeben: „Ein Onkel meines Urgroßvaters hatte mehrere Taubentürme. Sie waren aus ungebrannten Lehmziegeln gemauert und mit Kalk verputzt. Sie waren rund und wurden nach oben immer schmaler, so fiel der viele Mist zu Boden und nicht von einem Nest zum nächsten. Immerhin hatte der gute Mann Tausende Tauben."

Frithjoff legt die Hände auf die Mütze, als könnte er nicht glauben, was er hört. „Ich bekomme meine kaum verschenkt", sagt er. Dann schaut er sich um, tritt einen kleinen Schritt auf Mourad zu und flüstert wie zum Vertrauensbeweis: „Stell dir vor, manchmal wirft die Irma sie am Park einfach in den Müll. Aber sie meint es nicht böse. Ich denke immer, sie will mich nur nicht kränken."

Mourad neigt seinen Kopf zur Seite. „Sicher", sagt er und sein Schatten trifft Frithjoffs Gesicht. „Die Kränkung durch einen nahen Menschen ist wohl eine der bittersten", fügt er hinzu. Frithjoff nickt Richtung Boden. Mourad zieht den Schatten aus Frithjoffs Gesicht und sagt: „Wo war ich stehen geblieben. Die Tauben, ja, die interessierten den Onkel nur am Rande. Er verkaufte, was sich auf den Böden der Türme anhäufte. Die Bauern rissen sich um seinen Dung. Er nannte das Geschäft ein Märchen, weil ihm aus Mist Gold wurde."

Frithjoff hebt den Zeigefinger. Er schluckt den Rest vom Gundermann. „Da haben wir es", sagt er wie zu sich selbst.

„Die Bauern um Isfahan hatten die besten Melonen im Land. Die Früchte waren tiefrot und fest und süß. Es heißt, die Melonen seien nach drei Monaten so schwer gewesen wie ein Kind nach drei Jahren."

Frithjoff klopft Mourad auf die Schulter. „Das erzähl mal Maike."

Der Brief

Mourad liegt auf dem Bett. Er schaut an der Wand empor, zur Weltkarte, die sich beult. Das ist nun die Erde, ein großes dünnes Blatt Papier, denkt er.

Ole liegt mit geschlossenen Augen neben ihm. „Warum jetzt", sagt er leise, „gerade, wo der Ring wieder da ist."

„Der Ring", wiederholt Mourad kalt. Ein kleiner Stein und ein kleines Stück Metall, denkt er, wäre es ein Projektil in meinem Fleisch, ich wollte das Schwerwiegende verstehen. Mourad fährt mit der Fingerkuppe über die Kante der Karte, wo die Erde eines von vier Enden hat. „Nun ja, das Gold ist da", flüstert er, „und ich soll weg." Mourad hebt einen Brief in die Luft. Er stellt sich den Beamten mit unbewegtem Gesicht vor, wie der Mann das Blatt Papier in den Kasten mit der Aufschrift Postausgang schiebt. „Weg", wiederholt Mourad.

Ole spürt die Waden krampfen. Er zieht die Zehen zu den Schienbeinen. „Was tun?", fragt er, ohne erkennen zu lassen, wem er die Antwort überlässt. Er denkt an Helene. „Der Mourad ist ein Engel", raunte sie, nachdem der Smaragd wieder an ihrer Hand steckte. „Wäre ich jung, ich würde ihn vom Fleck weg heiraten", sprach sie wie zu sich selbst, während sie Staub auf der Kommode wischte. In ihrem Rücken schwieg Ole. Er dachte an seinen Haustürschlüssel, seine Wohnung, seine Ruhe. Schon der Gedanke an das Geräusch eines Zweitschlüssels im Schloss seiner Haustür ängstigte ihn.

Die Angst ist zurück, und Ole sagt: „Niemand im Amt nimmt uns nach diesem Brief ab, dass wir heiraten wollen. Jetzt. Und dann auch noch so plötzlich."

Mourad beißt sich auf die Unterlippe, bis es schmerzt. Er wendet den Kopf ab und schaut dem Sekundenzeiger des Weckers beim Zucken zu. Schon als Mourad in das Zimmer zog, stand der rote Zeiger auf der Drei, als wüsste er um unnötige Mühen und den unaufhörlichen Lauf dessen, was die Menschen Zeit nennen.

„Schlafen wir", sagt Ole. „Morgen ist auch noch ein Tag."

Ein langer Tag, denkt Mourad.

Jenseits

Helene sitzt auf der Bank unter der Friedhofslinde. Sie beobachtet Frithjoff, wie er die Eisblumen gießt, den Stein poliert, den Sand harkt. „Das habe ich nie verstanden", ruft sie und zieht die krummen Finger wie Zinken durch die Luft. Frithjoff fährt zusammen. Die Harke fällt in den Sand.

„Mein Gott", stöhnt Frithjoff und stemmt die Hände in die Seiten. „Seit wann sitzt du da?"

Helene schaut zum Turm in ihrem Rücken, auf seine Uhr unter dem Kupferdach, auf seinen Schatten, der bis ins Dorf reicht. „Seit dem letzten Glockenschlag", sagt sie.

Frithjoff hebt die Harke auf. „Die Glocke schlägt nur an Sonntagen oder zu Beerdigungen", sagt er.

„Du weißt, wem du's sagst", erwidert Helene. „Ich höre Glocken, die es gar nicht gibt. Das war wohl auch der Grund, warum ich den Hans geheiratet habe. Und er mich."

Was sie nicht sagt, denkt sie: Beim Hans hörte ich im Bett die Glocken. Das hatte Helene der Frau erzählt, die wenige Meter von ihr entfernt unter den Eisblumen von

Frithjoff fleischlos geworden ist wie ihr Traum im Leben, einmal die Glocken zu hören, Glocken, die nie gegossen wurden. Helene erinnert sich, wie Hans sie bis zu seinem Ende begehrt hatte. Wie er ihren Schoß erkundete, gleich einem neugierigen Kind, dem ein verbotenes Spielzeug in die Hände gefallen war.

Helene reibt den Smaragd an ihrem Finger. Frithjoff setzt sich neben sie und klopft zweimal sanft auf ihre Hände. Helene zeigt zwischen die Gräber. „Mein Kopf gehört irgendwie schon hierher", sagt sie und legt ihn Frithjoff auf die Schulter.

Frithjoff schluckt den Kloß im Hals noch tiefer und greift nach ihrer Hand. „Wie kannst du das sagen, Lenchen?"

Helene zieht eine Packungsbeilage aus der Tasche und hält sie in die Höhe. Der Wind hebt das Papier wie eine weiße Fahne. „Den Beipackzettel habe ich im Altpapier gefunden, versteckt unter Zeitungen und Katalogen."

Frithjoff wischt den Handrücken über die feuchten Augen. „Aber die Tabletten helfen", sagt er zum Dorf.

„Nicht ins Jenseits", erwidert Helene. „Nicht, bevor der letzte Rest an Würde verloren geht."

Nicht mit dem Klammerbeutel gepudert

„Was ich dich fragen wollte", sagt Frithjoff und räuspert sich. Maike weiß, das Räuspern geht mit einem Gefühl von Scham einher. „Macht der Mourad, wie sage ich es, nun, macht er dir schöne Augen?"

Maike nimmt eine verbeulte Blechdose vom Küchenschrank. „Machen?", fragt sie. „Hast du jemals solche Augen gesehen?" Frithjoff schaut mürrisch. Die Schönheit der Augen eines Mannes ist das Letzte, über das er reden möchte. „Du erinnerst dich sicher noch an den blonden Fritz im Herrensalon neben dem Obstmarkt?", fragt Maike. Frithjoff sieht die Hand der Tochter in die Blechdose greifen. Maike nimmt getrocknete Brennnesselblätter heraus und lässt sie in eine Kanne aus Glas fallen.

„Was hat der mit meiner Frage zu tun", erwidert Frithjoff. „Aber natürlich erinnere ich mich an den verrückten Kerl. Keiner schnitt einem die Haare wie der olle Fritz. Und seine zweite Gabe: Er spürte, wenn man nicht reden wollte. Schon wenn man zur Tür seines Ladens hereinkam. Ein Blick und dann sagte er nur: ‚Wie üblich, nehme ich an.' Man hat einfach genickt und Fritz legte los. Guter Mann. Schade, dass er so früh ins Gras beißen musste."

Maike gießt heißes Wasser in die Kanne. Die Blätter werden groß und grün, als wäre Leben in ihnen. „Hätte der Fritz einer Frau schöne Augen gemacht?", fragt Maike. Sie steht mit verschränkten Armen vor dem sitzenden Vater und wartet auf sein Räuspern. Doch Frithjoff schüttelt den Kopf und tippt sich mit dem Zeigefinger an die Stirn, weil er die der Tochter nicht langen kann. „Der war vom andern Ufer", sagt er fest. Dann wird sein Gesicht weich. „Er hat mal gesagt: ‚Ich habe meine Eltern erlebt. Über fünfzig Jahre ging das. Mit dem Klammerbeutel müsste ich gepudert sein, würde ich mir eine Frau ins Haus holen.'" Frithjoff lacht.

Maike pustet in den Tee. „So könnte ich es auch ausdrücken", sagt sie.

„Was meinst du?"

„Mourad ist nicht mit dem Klammerbeutel gepudert."

Frithjoff schiebt die Mütze aus der Stirn. „Nein", sagt er gedehnt und streckt Maike seine leere Tasse entgegen.

Du bist

Mourad kauert neben Helene. Seine warme Hand liegt auf ihrem kalten Arm. Auf seinem Schoß liegt ihr verschmierter Brief mit den krakeligen Zeilen:

Lieber Osmin,
mein lieber, lieber Junge. Heute ist ein guter Tag für mich. Ich glaube zu wissen, wer ich bin, was ich tue. Verzeih mir, dass ich dich nun allein lasse. Aber du bist jung, klug und stark. Ich glaube an dich!
Erde auf mein Haupt!
Deine Helene

Mourad weint, bis der Brief in seinen Augen zu einem großen weißen Fleck verschwimmt. Er versucht zu sprechen, aber seine Zunge gehorcht nicht, weil er den Mund nicht schließen kann. Als die Tränen getrocknet sind, spannt ihr Salz die Haut auf den Wangen, den Lippen, als wären sie zu klein für große Worte:

„Nichts vom Leben, schnell vergangen,
hab ich – außer Gram,
Nichts von Hoffen und von Bangen
hab ich – außer Gram;
Keinen Freund und keine Freundin,
Treu und fest mich zu umfangen,
hab ich – außer Gram!"*

Mourad geht zum Nachtschränkchen. Er zieht ein Stiefmütterchen aus der Vase und legt es Helene auf die Brust, nimmt die Packung mit den Kapseln vom Nachtschränkchen, dreht sie zwischen den Fingern und wirft sie in den Papierkorb. „Nur der kopflose Tropf verliert nie den Kopf …", sagt er. Mit der Rückseite des Zeigefingers streichelt er Helene die kalte Wange und geht.

Schönes und Trauriges

Frithjoff kniet auf dem Gehweg. Er kratzt Sauerklee aus den Fugen und flucht: „Das Zeug wuchert und wuchert." Dann schiebt er die Mütze in den Nacken und wischt sich den Schweiß von der Stirn auf den Hemdsärmel. „Früher kannten wir das Gelumpe hier gar nicht."

Die Briefträgerin setzt sich auf die Stufe zum Haus und erwidert: „Ich finde es wunderschön." Sie hebt eine herausgerissene Rosette in die Höhe und zeigt auf eine der winzigen gelben Blüten. „Hübsch ist das, Frithjoff."

„Was ist das nur mit euch?", fragt Frithjoff und denkt das Wort „Weibern" am Satzende nur, weil Maike das Wort hasst. Und er sagt: „Du klingst wie Maike."

Die Briefträgerin riecht am Klee ohne Duft. „Ihr Männer habt nur Sinn für das Praktische. Gut, dass es die eine oder andere Ausnahme gibt."

Frithjoff grient und zeigt mit dem Kopf zum Haus visà-vis. „Sprich es ruhig aus, Irma. Mit unserem jungen Märchenerzähler aus dem Morgenland komme ich natürlich nicht mit."

Die Briefträgerin dreht den Sauerklee an seiner Sprossachse durch die Luft. Sie denkt an den Kreisel aus ihrer

Kindheit und beißt sich in die Wange. „Ich mache mir Sorgen. Er sah nicht gut aus."

Frithjoff legt seine Hand auf ihre Schulter und sagt: „Das seht ihr am liebsten, nicht? Schönes und Trauriges." Die Hand greift in den Sauerklee und wirft ihn auf die Straße. „Wo ist unser Philosoph hin?"

„An den Strand", antwortet die Briefträgerin. „Es sei der schönste Ort auf der Welt, hat er gesagt. Und er erinnere ihn an seine Reise mit Helene." Sie presst die Hände auf die Oberschenkel und erhebt sich. „Weißt du, ob man einen Erwachsenen adoptieren kann?", fragt sie.

„Hast du den Verstand verloren?", fragt Frithjoff, um nicht vom Versaufen sprechen zu müssen.

„Wie so vieles", antwortet die Briefträgerin. „Aber den wohl schon vor langer Zeit."

Zwischen schwarzen Engeln

Maike glättet das weiße Tischtuch mit den Händen. „Drüben ist alles so dunkel", sagt sie und schaut aus dem Fenster über die Straße.

Frithjoff leckt den Zeigefinger an und blättert die Zeitungsseite um. „Sie werden im Wohnzimmer sitzen", sagt er, ohne aufzuschauen, als wären die Todesanzeigen am Ende des Tages Balsam für die Augen, das Lesen fremder Namen zwischen Palmwedeln und Engeln.

„Mourad lässt sonst immer das Licht in der Diele an. Für Helene."

Frithjoff hört nicht. Das Zählen macht ihn taub. Und wenn die Zahl am Ende seiner Subtraktion kleiner ist als sein Alter, macht es ihn zufrieden wie ein Tag ohne

Schmerzen oder erledigte Arbeit oder das Gurren der Tauben.

Maike schnippt gegen die Zeitung.

Frithjoff murrt. „Einhundertfünf Jahre will der Igor hier geworden sein", sagt er und schüttelt die Zeitung mit ausgestreckten Armen. „Dass ich nicht lache. Der Bastschuhrusse zählt doch nach dem Mond." Frithjoff schaut zu den verschwommenen Zahlen neben den verschwommenen Lettern. Sie sind zu klein für seine Augen. Nur das Kreuz ist groß genug.

„Ich habe ein schlechtes Gefühl", sagt Maike. Sie zeigt zum Fenster und meint das Haus hinter den Linden, der Straße, dem Vorgarten.

Frithjoff staucht die Zeitung auf die Beine. „Du klingst wie unsere Irma. Stell dir vor, sie hat mich gefragt, ob man einen Erwachsenen adoptieren kann."

„Sie ist eben mitfühlend", sagt Maike.

„Gefühlsduselig", erwidert Frithjoff und hebt den Zeigefinger mit der dunklen Fingerkuppe.

„Macht die Welt nicht unbedingt schlechter."

„Maike, deine Urgroßmutter hat schon gesagt: ‚Das Fremde findet keine zweite Heimat.'"

„Manchmal schon. Und dann wird es einhundertfünf Jahre alt", sagt Maike und wird still.

Zweites Leben

Die Briefträgerin schaut zur Kommode, auf den weißen Fleck darüber. „Nun kannst du euch wieder zurückhängen", sagt die Nachbarin mit den gerahmten Pusteblumen vor der Brust.

„Alles hat seine Zeit", erwidert die Briefträgerin. Ihre Hand klatscht auf den Fleck und streichelt ihn wie die Kruppe eines geliebten Tieres.

„Und morgen trägst du die letzten Briefe aus?", fragt die Nachbarin, als wüsste sie es nicht. Und weil die Briefträgerin einsilbig ist. Denn sie weiß, der weiße Fleck über der Kommode ist im Haus in aller Munde wie ihr letzter Tag hinter dem kleinen gelben Wagen. Und die Briefträgerin hörte im Keller, was die Nachbarin einer Nachbarin flüsterte: „Versumpfen wird die Irma. Und die einzige Routine, die ihr bleibt, wird sie irgendwann umbringen." Die Nachbarin nahm mit dem letzten Satz ein leeres Glas aus dem Kellerregal und hielt es sich an den Mund. Ihr Hals gluckste und ihre Hand winkte ab.

„Alles hat seine Zeit", wiederholt die Briefträgerin und spürt die Enge in der trockenen Kehle. Und sie fühlt die Angst vor den Erinnerungen und den Plänen im Kopf ohne Rausch.

„Was wirst du nun anfangen?", sagt die Nachbarin mild, zu den Pusteblumen, als könnten die ihre zarten Flugschirme verlieren. Und plötzlich reckt sich die Briefträgerin groß und stolz. Und würdevoll steht ihr Gesicht über dem schwarzen Kragen ihrer abgetragenen gelben Jacke. „Nicht, was alle erwarten", antwortet sie. Ihre Hand greift in den kleinen Rucksack und zieht eine Flasche Klaren hervor. Sie hebt ihn vor die Augen der Nachbarin und drückt ihn ihr vor die Brust. „Damit könnt ihr auf mich trinken", sagt sie und denkt dabei: Auf mein zweites Leben!

Die Nachbarin hält den Atem an. Die Briefträgerin geht durch den dunklen Flur und öffnet ihr die Tür. „Gluck, gluck", sagt sie und lacht.

Zwei zu eins

Der Beamte richtet das Lineal am Tacker aus und legt die Hände weit voneinander entfernt auf den Schreibtisch. „Das ist mein Tag", sagt er zum Kollegen in der Tür, hebt das Kinn und hält kurz inne.

Der Kollege fuchtelt mit den dürren Händen. Die zu großen Hemdmanschetten schaukeln um die knochigen Handgelenke. „Du machst es spannend", sagt der Mann mit dem blassblauen Mund. „Erzähl schon!"

Der Beamte wiegt bedächtig mit dem Kopf. Er schlägt die Akte vor seiner Brust zu, hebt sie zwei Sekunden in die Luft und wirft sie mit einer Hand auf den kleinen Wagen zu seiner Rechten. „Stell dir vor, der arme Tropf hier ist ins Meer gegangen."

Der Kollege streckt die Arme zur Decke, als rufe er den Himmel an. Sein Mund steht offen, und er sagt schließlich: „Und meine gehen zum Anwalt. Na, ist auch der bessere Weg …" Die Arme fallen und ziehen die schmalen Schultern noch tiefer. „Nun steht es zwei zu eins für dich", fügt er hinzu und klopft gegen die Zarge der Tür.

Der Beamte erhebt sich, wobei er die Kuppe vom Zeigefinger zwischen Lineal und Locher schiebt. „Wenn es dich tröstet: Ich hatte noch ein Schreiben aufgesetzt, dass er nach Griechenland muss, aber Schwamm drüber."

„Du sprichst, als hätten wir keine Vorlagen für den Wisch", sagt der Kollege und verschränkt die Arme.

„Ich gebe einen aus", erwidert der Beamte hinter dem Schreibtisch. „Du kannst zwischen Linsensuppe, Schnitzel mit Spargel oder irgendwelchen fleischlosen Grasbuletten wählen. Such's dir aus."

Der Kollege in der Tür sieht zurück in das Büro und sagt: „Schnitzel. So billig lasse ich dich heute nicht davonkommen. Aber ich danke dir schon mal."

„Nicht mir", erwidert der Beamte. Seine Hand greift noch einmal die Akte. „Danke Haschim Said aus Syrien. Stell dir vor, morgen wäre er sechzig geworden."

Die Vorsehung schickt keine Post

Frithjoff steht in der Voliere. Sein schwarzer Anzug glänzt in der Sonne wie eine Stunde zuvor auf dem staubigen Gottesacker. „Ach, Lenchen", sagt Frithjoff zur Eistaube auf dem toten Buchenast und streicht mit der Hand von der Stirn über die verbrannte Glatze. Die Taube erhebt sich und hält den Kopf schräg. Frithjoff tippt mit der polierten Schuhspitze gegen einen der Eimer neben der Gittertür. „Ich bin nicht mal mehr dazu gekommen, dem Jungen den Mist für Helenes Rosen zu geben. Da haut er einfach ab." Die Eistaube fliegt Frithjoff auf die Schulter. Er schaut durch den Garten über die Straße zum verlassenen Haus. „Woran sie sich alles nicht erinnern konnte", stöhnt er. „Mal wusste sie meinen Namen nicht mehr, mal hatte sie diese komischen Schuhe aus Stoff falsch herum an. Und die Tage, die Tage brachte sie nur noch durcheinander. Aber das Zyankali vom alten Billerbeck, das Zeug findet sie." Frithjoff nimmt die Mütze vom Haken und schiebt sie auf den Kopf. „Und nun liegt sie zwischen dem vermoderten Hans und dem Lebensbaum."

„Vater weint", sagt Maike. Die Briefträgerin schaut verstohlen zur Voliere. Maike schließt die geröteten Augen und flüstert: „Mutter hat immer gesagt, die Tiere widersprechen nicht, sie fragen nicht und sie verraten keine Träne. Das macht sie zum besten Freund des Mannes."

Die Briefträgerin wischt sich die Augen. „Und der Junge macht sich aus dem Staub", schluchzt sie. „Mein Gott, ich hätte ihm vielleicht helfen können. ‚Eine kleine Chance gibt es', hat der Mann beim Familiengericht gesagt." Und die Briefträgerin denkt an die große Chance, von der die Frau im städtischen Suchtzentrum gesprochen hat. „Wenn ich gewusst hätte, was der Junge im Schilde führt", schluchzt die Briefträgerin. Sie greift sich ans Herz und spürt den Flachmann darüber. „Aber die Vorsehung schickt keine Post", flüstert sie. Die Frauen umarmen sich. Sie klagen wortlos und weinen sich die Schultern nass.

Erinnern

Ole steht vor einem Tritt ohne Haus. Vier Basaltstufen führen in die Luft. Er hält ein Foto am langen Arm, wo einst eine Tür in das Strandhaus Kaiser führte: Helene biegt sich mit den dürren Birken, die im Hintergrund stehen. Mourad steht zwei Stufen tiefer und hält Helenes Arm. Ein alter Mann hebt den Fuß zum Rand des Fotos, als wollte er es verlassen. Und er schielt zum Tritt zurück, zu dem ungleichen Paar darauf. Sein Hacken steht auf der Sekundenzahl, in der ein Fremder auf der Straße den Auslöser der Kamera drückte. Die Zahl ist Gelb wie die Ziffern des Jahrs und der Stunde, in der Helene das vergangene Glück suchte, als wäre es zeitlos wie das Meeresrauschen und das Schreien der Möwen.

Ole stellt einen Fuß auf den Tritt aus Basalt. Er hört, wie er als Kind die Stufen mit einem Bein hinaufsprang und wieder hinunter, als wäre es gestern gewesen. Er schaut die Straße hinunter zum Café Morgenstern und denkt an die Schweineohren aus Blätterteig und Streuzucker. Und er hört seinen Vater leise mit der rechten Hand schnippen und sagen: „An diese Zeit wirst du dich dein Leben lang erinnern." Und er hört Helene: „Das wird dir das Herz warm machen, wenn wir eines Tages nicht mehr sind und du mit deiner Familie diesen Weg gehst." Und Ole wird am Café Morgenstern vorbeigehen und sich den Blick in die Auslagen verbieten, zu den Menschen auf der Terrasse unter den Sonnenschirmen. Er wird das Foto in die Jackentasche schieben, über das Herz, und ihm wird kalt sein in der flirrenden Hitze.

Glossar

Seite 14: Die Sikke ist die traditionelle Kopfbedeckung der Derwische in Form eines Kegelstumpfes.

Seite 19: Soraya Esfandiary-Bakhtiary (1932–2001) war von 1951 bis 1958 die Ehefrau des iranischen Schahs Mohammad Reza Pahlavi (1919–1980).

Seite 28: Die Misbaha ist eine im Islam gebräuchliche Gebetskette.

Seite 33: Hans Michael Frank (1900–1946) war ein deutscher Nationalsozialist, der vom Internationalen Militärgerichtshof in Nürnberg wegen Verbrechen gegen die Menschlichkeit zum Tode verurteilt wurde.

Seite 41: Die Hand der Fatima gilt im islamischen Volksglauben als Talisman und wird als Anhänger zum Schutz vor Zauber, Geistern und Dämonen sowie als Symbol für Kraft und Glück getragen.

Seite 45: Agash, auch „böser Blick", ist eine Dämonin aus der persischen Mythologie und Personifizierung des Sehsinns, durch den Menschen Böses widerfahren soll.

Seite 48: Hafis, auch Hāfez oder Ḥāfiẓ, (um 1315 oder 1325 – um 1390) war ein persischer Dichter und Mystiker aus Schiras.

Seite 71: Morgenröthe ist einer der zahlreichen Trivialnamen der Ringelblume (Calendula officinalis).

Seite 71: Im Iran ist der gestreckte Daumen gleichbedeutend mit dem gestreckten Mittelfinger in Deutschland.

Seite 81: Kaymak ist Schichtsahne, die unter anderem in der Türkei aus Schafsmilch, aber auch aus Ziegenmilch hergestellt wird.

Seite 86: Besenkorn ist eine von vielen Bezeichnungen für die Sorghumhirse (Sorghum bicolor).

Seite 102: Fesenjan, auch Fesendschān, ist ein persisches Gericht mit Huhn- oder Entenfleisch, Walnüssen, Granatapfelsaft, Zwiebeln, Safran, Zimt und Zucker.

Seite 110: Der Sänger von Schiras: Hafisische Lieder, 3. Buch: Rubay's, verdeutscht durch Friedrich Bodenstedt, 2. Aufl., A. Hofmann & Comp., Berlin 1877, S. 63.